Nelke und Caruso

Verena Auffermann
Iso Camartin

Nelke und Caruso

Über Hunde – Eine Romanze

Berlin Verlag

Umschlaggestaltung: Nina Rothfos und Patrick Gabler, Hamburg
Gesetzt aus der Goudy von
psb – presse service berlin
Druck & Bindung:
Druckerei F. Pustet, Regensburg
Printed in Germany 1997
ISBN 3-8270-0236-2

Gedruckt auf chlor- und säurefreiem Papier

Liebe Verena,

es war nicht der Dauerregen, der mich vom Monte Verità vertrieb. Es waren Deine Worte nach meinem Vortrag über den Jagdhund bei Dante.

Ich weiß, Du bist bekannt für geschärfte Interventionen. Wenn sie andere trafen, hab ich sie immer goutiert, oft in mitfühlender Schadenfreude. Was zum Teufel bringt Dich jetzt dazu, auf dem Berg der Wahrheit den giftigsten Pfeil Deines Vorrats gegen einen Deiner ehrlichen Bewunderer abzuschießen? Genügte es nicht, Zweifel anzumelden oder Unverständnis kundzutun? Mußtest Du mich mit Deiner scheinbar harmlosen Nachfrage der Lächerlichkeit preisgeben? Als ich den Vortragssaal verließ, hörte ich eine junge Teilnehmerin ihrer Begleiterin zuflüstern: »Redet über Jagdhunde und hat keine Ahnung von Pfoten!« – Bisher kannte ich den begossenen Pudel nur als Redensart. Durch Dich erfuhr ich, daß ein Pudel so begossen werden kann, daß sein Kern nicht mehr trocken ist.

Ich trete am Donnerstag früh an mit allem, was zum »veltro« seit Jahrhunderten aufgeschrieben wurde. Ich schildere die Prophezeiung: Es werde auf Erden ein Jagdhund erscheinen, um der schrecklichen Wölfin, die den Weg zum Licht versperrt, den Garaus zu machen. Ich erläutere mit allen verfügbaren Beweisstücken, daß es sich um ein starkes, windschnelles und mutiges Tier handeln müsse, geeignet zur Hatz und zum Angriff, das man zu Dantes Zeiten gegen Bären, Wildschweine und Wölfe einsetzte. Ich führe aus, daß dieses Tier wohl nicht nur ein schlichter Hund sein könne, wenn Dante über ihn sage: der »veltro« sei nicht geil nach irdischem Metall (»peltro«), sondern suche nach Weisheit, Liebe und Stärke. Er sei zwischen Filz und Filz geboren (»tra feltro e feltro«) – was in einer der Hauptdeutungen soviel heiße wie: in ärmlichen Verhältnissen. Ist es verwunderlich, wenn schon Dantes Zeitgenossen herausfinden wollten, wer mit diesem Hund wirklich gemeint sei? Nun legte ich, sorgfältigst Pro und Contra gegeneinander abfedernd, alle bis zum heutigen Tag überkommenen Deutungen offen. Jene, die in diesem Veltro einen Papst, einen Kaiser oder Dantes Wohltäter in seinem Veroneser Exil erkennen wollten. Dann die anderen Gelehrtenschulen, die bei der Bestie eher auf einen Engel, einen Heiligen oder – schon halb dem deutenden Wahnsinn verfallen – auf Jesus Christus tippten. Schließlich verheimlichte ich auch die Meinung einer kleinen Minderheit nicht, die in der Gestalt des reißenden Hundes den an seinen Feinden sich rächenden Dante zu sehen glaubten. Nach diesem – ich gebe es zu – beschwerlichen Gang durch endlos scheinende Ansichten schloß ich meinen Vortrag mit dem Eingeständnis eines gewaltigen Veltro-Rätsels, das zu entschlüsseln uns vielleicht gewährt wäre, wenn wir unsere heutigen Feinde des Wissens mit der Bißwütigkeit des Danteschen Jagdhundes ins Verderben hetzen würden.

Ich war nicht unzufrieden mit mir. Manchmal befällt uns nach öffentlichen Auftritten – es kann Dir nicht unbekannt sein – eine Art Wohlgefallen an uns selbst und am eigenen Beruf. Doch, doch, sagte ich mir, du hast dich brav geschlagen, um deine Zuhörer vom unvergleichlichen Genie Dantes zu überzeugen! Daß ein Jagdhund nicht einfach ein Hund, sondern vielleicht der Papst, ein Engel oder gar der Dichter selbst sein könnte: dies muß in diesem Saal jeder begriffen haben. Die Sache mit der eigenen Bißwütigkeit, die nicht im Manuskript stand, sondern während des Redens mir unerwartet zuflog, hielt ich für besonders geglückt.
Der Moderator, stur und korrekt wie ein Gerichtsdiener, sprach den Dank aus für den »vieldeutigen Vortrag« und sagte in nicht zu überbietender Perfidie: sofern jemand im Saal der Ansicht sei, durch Fragen zu Jagdhunden hier und heute noch etwas klären zu können, so möge er sie jetzt stellen. Ich sah Deinen Finger und dachte: Die Sache ist gerettet!
»Sehr kenntnisreich, was Sie uns da geboten haben!« vernahm ich. Warum spricht sie so mit mir? Warum diese Förmlichkeit zwischen Freunden? Einige Sekunden rätselte ich darüber, ohne genau zu verstehen, was Du sagtest. Dann hörte ich auf einmal: »Wenn ich mich nicht täusche, so habe ich in einem Dantekommentar gelesen, daß Veltro etymologisch ›der Starkfüßige‹ heißt. Ich habe die starkfüßige Vermutung, daß Sie mit Jagdhunden nicht besonders vertraut sind. Ich wette sogar, daß Sie sich keinen Gedanken darüber gemacht haben, wie die Pfoten

dieses Veltro ausgesehen haben. Sie hätten sich Ihre Flüge vom Kaiser über die Engel zu Jesus Christus sparen und einige Tage mit einem Jagdhund zubringen sollen. Jeder Kenner vermag bei seinem eigenen Hund ›sapienza, amore e virtute‹ zu entdecken. Beinah jeder Hund besitzt einsichtige Klugheit, Anhänglichkeit und Stärke. Man braucht dafür keine menschlichen Helden und keine Erzengel. Wäre Dante nicht besser bedient, man würde zuerst den wirklichen Jagdhund ernst nehmen?«
Noch heute höre ich den Applaus, den man Dir spendete. Ich reagierte verletzt und sagte: »Einverstanden. Kein Wort mehr über Dante, bevor ich nicht die Pfoten Ihres Jagdhundes studiert habe.« Brach die Diskussion ab und ging vom Podium. Die Buh-Stimmen, die meinen Abgang begleiteten, hast Du vielleicht noch im Ohr.
Sei versichert: ich mag Hunde, nicht nur Metaphern.

Mit verletzter Pfote.

Lieber Iso,

jetzt bist Du beleidigt, wäre ich auch. Aber bitte, gib es zu, Kongresse sind reinste Blasphemie. Der Widerspruch ist die einzige Rettung, vor allem, wenn er angebracht ist. Meine Empörung über Deine »Komedien«-Analyse war ganz langsam gewachsen, unbemerkt angeschwollen, ich konnte es einfach nicht länger auf dem Klappstuhl aushalten. *Es* sprach, kennst Du das? Diese Verselbständigung der Bewegung und der Stimme? Was die Qualität und Beschaffenheit von Veltros Pfoten angeht, so kann ich Dir, wenn es Dich beruhigt, versichern, daß Hunde auch wie Engel über abgeerntete Weizenfelder oder frisch gefurchte Äcker rasen oder beinah fliegen.
Was aber oder wer ist Veltro? Pan auf einem Huf, der Teufel in frischer Luft, der liebe Gott, der, wenn er böse ist, mit einem Fuß so fest auftritt, daß die Erde bebt. Vielleicht hatte Dante einen starkfüßigen Freund, vielleicht traf es für ihn selbst zu, keine Ahnung, was die lange Mönchskutte verdeckt. Meiner Meinung nach, und ich weiß, sie steht in keinem Kommentar, ist Dantes »Veltro« doch kein Jagdhund, wie ich behauptete, sondern eine Schlange, oder sind Schlangen etwa nicht starkfüßig? Ein Leib oder ein Leib wie ein Bein! Dante hatte Umgang mit Schlangen, er kannte die Ottern, Vipern, Hydren, die Lanzennattern und Doppelschleichen. Werden wir im Jenseits nicht durch das Feuer der Schlangen getauft und

von Pluto beschützt, der das Schälchen mit dem Wasser hält. Auf Tut-ench-Amuns goldenem Schrein beißt sich die Schlange in den Schwanz, das kann ein Kaiser und ein Jagdhund auch, aber ein Engel nicht, denn Engel haben kein Geschlecht.

Mich hat auf dem »Berg« erbost, daß Du mit dem Veltro »Herrchen gesucht« gespielt hast, natürlich sehr gelehrt und sehr prophetisch. Wäre ich die Großmutter mit den drei goldenen Haaren und Du das Kasperle mit der langen Nase, ich würde Dir den Rat geben, Dein Leben umzustellen und einen Hund zu Dir zu nehmen. Schon nach einer Woche wäre Dir die Freude an Kongressen vergangen und die gewonnene Zeit mit Deinem Hund in schöner Bescheidenheit zugebracht. Du ahnst gar nicht, was man Hunden alles erzählen kann. Gegen Dich als nachgeborenen Dante im langen Mantel hätte der Hund bestimmt nichts einzuwenden. Aber »Veltro« solltest Du ihn nicht unbedingt nennen, und Blindschleichen, die man hier manchmal findet, schaden Hunden nicht.

Doch zurück und ein Nachruf auf den Monte Verità.

Kongresse sind perverse Ballungszentren, Casanoviaden zwischen Stechpalmen und Minibar. Kein Hund vergreift sich an den Saaltöchtern, aber die sogenannten Gelehrten. Zu welcher Entlastung, zu welcher Freude, zur eigenen natürlich!

Um das »Jagdhund-Syndrom« zu beerdigen, erzähle ich Dir jetzt etwas über Pfoten. Corina, eine Berliner Architektin, machte mich erst in der letzten Woche auf den Geruch von Hundepfoten aufmerksam. Halte mal die

Nase dran, riecht frisch, erdig, würzig. Corinas »Fetzer« tritt sich im Grunewald Kieferngeruch in die schwarzen Ballen, gräbt Würmer aus, macht Maulwurfhügel platt. Fetzer hat Lehmboden lieber als Sand. Deshalb überlegt sich Corina, nach Frankfurt zu ziehen. Hier bei uns ist die Erde lehmig. Ich wohne auf dem Grund einer Ziegelei. In der Gründerzeit wurden aus dieser hellen, schweren Erde Steine für die Häuser der Stadt gebrannt, ideales Terrain also für Hunde. Terracottafarbener Lehm auf der schwarzen Nase steht den meisten Hunden gut, Sand verrinnt auf Nasen und zwischen den Händen. Hunde graben mit Leidenschaft, der Trieb dient der Vorratshaltung, der Einlagerung von Knochen und Brotrinden für Notzeiten.
Aber jetzt Schluß mit den Pfoten und den Analysen ihrer Nützlichkeit.
Der Monte Verità ist ein hysterischer Ort. Ich werde ihn in Zukunft meiden. Damit Du zur Ruhe und auf andere Gedanken kommst, schreib ich Dir die Geschichte der Hunde meines Lebens. Irdische Gedanken sind beflügelnd. Noch böse? Nicht nötig, wir finden bestimmt wieder einen Anlaß zum Streit.

Liebe Verena,

ja, die Wut ist verflogen, die Kränkung verwunden. Nur ein schlechter Verlierer räumt so schnell das Feld und verduftet. Trag es mir nicht nach. Wäre der Regen nicht so unerbittlich gewesen, ich hätte mich auf dem Berg der Wahrheit auf die Suche gemacht nach einer Licht- und Lufthütte, die die Gesundheitsapostel der Jahrhundertwende dort eingerichtet hatten, um den Zwängen der Zeit zu entkommen. Und wäre es nicht so unsüdlich kalt gewesen, ich hätte mich unter die Naturdusche Deiner Exhibitionisten gestellt, in einer Freiluftwanne meinen Zorn verdampfen lassen, im Männerpark ein Sitzbad zur Wutausnüchterung genommen. Wie jene Vegetarier und Nudisten von damals, die die Einheimischen »Balabiott« – Nackttänzer – nannten und als Schweine und Huren traktierten, wenn sie vom Berg herunterkamen, um im Dorf Beweise ihres freien Lebens zu liefern. Eine Dame zog auf der Hauptstraße von Ascona ihr Höschen aus, das sie unter dem locker geknüpften Netzgewand trug, und schwenkte es als Fahne der Befreiung durch die warme Luft des katholischen Südens. Sie hielt sich vielleicht für Dantes Veltro, für den Jagdhund des Fortschritts.

Ich werde mich hüten, mit Dir über Pan, den Teufel und den lieben Gott zu streiten, der mit einem Klumpfuß die Erde zum Beben bringt. Daß Dante einen starkfüßigen

Freund hatte, darin hast Du recht. Dante nennt ihn einmal den »großen gastlichen Lombarden«, weil er in der Zeit der Verbannung bei seiner Familie in Verona mehrfach Unterschlupf fand. Er hieß – welcher Zufall – »Can Grande della Scala« – der große Hund von der Leiter. Die Cangrandi aus Verona hatten eine Leiter in ihrem Wappen. Sie waren erfolgreiche Territorienjäger und Aufsteiger und wollten über ihre Familienleiter hoch hinaus. Mit Dante waren Bartolomeo und seine Brüder aber generös und freundlich, und dies verschönert ihren nimmersatten Hunger nach Ländereien.

Schon eher müßte ich mit Dir über das Geschlecht der Engel streiten, da Du mit der Behauptung »denn Engel haben kein Geschlecht« eine armselige und kurzsichtige Meinung über die Boten aus dem Jenseits vertrittst. Bitte schlage einmal im sechsten Kapitel des ersten Buches Moses nach. Da steht schwarz auf weiß: »Da sahen die Engelwesen, daß die Töchter der Menschen schön waren, und sie nahmen sich zu Frauen, welche sie nur mochten.« Das Seltsame an dieser Geschichte ist, daß Gott sich schon zu Beginn der Schöpfung als Male-Chauvinist erwies und deshalb nicht die männlichen Täter für ihre Lüsternheit, sondern die weiblichen Opfer für ihre Willfährigkeit bestrafte. Weil sich die irdischen Frauen mit den himmlischen Mannsbildern eingelassen haben, wurde das Leben des Menschengeschlechts von Gott für alle Zukunft auf hundertzwanzig Jahre beschränkt. Glaube niemandem, der behauptet, er habe das hundertzwanzigste Lebensjahr überschritten. Unser kurzes Leben haben wir der unkontrollierten Männlichkeit der Engel zu verdanken. Das Buch Henoch, das zugegebenermaßen nicht in die Handbibliothek einer Literaturkritikerin gehört, weiß noch mehr zum Geschlecht der Engel. Einmal »defilierten« zweihundert Söhne Gottes ohne göttliche Erlaubnis vor den irdischen Frauen, lehrten sie zunächst, wie man mit Parfums und Pomaden umgeht, darauf, wie man Lüste und Vergnügungen empfindet. Dabei wurden die Frauen schwanger und gebaren unangenehm tapfere Heroen. Nicht die »himmlischen Nichtschläfer«, sondern die »irdischen Beischläfer« müßte man diese zehnte Klasse der Engel nennen. Ich denke, daß Deine Ansicht über das Geschlecht der Engel revisionsbedürftig ist.

Sehr ernst nehme ich Deinen Rat, mein Leben umzustellen und einen Hund zu mir zu nehmen. Was Du nicht wissen kannst: Ich habe bereits einen Hund. Er heißt Lapo und sitzt auf meinem Schreibtisch. Ein wunderschönes Tier, es kommt aus Italien und ist an liebenswürdiger Diskretion und unaufdringlicher Präsenz nicht zu übertreffen.

An einem Winterabend entdeckte ich auf dem Weg nach Hause im Schaufenster eines Antiquitätengeschäftes einen einsamen Hund, mit großen Augen und einem Stück Brot im Maul. Er schien mir das herzförmige Brot mit so eindringlich bittendem Blick entgegenzustrecken, daß ich beschloß, ihn anderntags – das Geschäft war längst zu – aus dem gläsernen Käfig zu befreien. Da er aus dem 18. Jahrhundert stammt, hat er mich einen Batzen Geld gekostet. Doch habe ich selten mein Geld für Besseres ausgegeben. Lapo hatte erst gerade seinen Begleiter verloren, dem er über zweihundert Jahre mit dem Brotherzen im Maul treu gedient hatte. Allein war er nur einen Nachmittag und eine Nacht im beleuchteten Schaufenster gewesen.

Du ahnst den Zusammenhang. Lapo ist der Hund des heiligen Rochus. Dieser Rochus, gegen Ende des 13. Jahrhunderts in Südfrankreich geboren, ging in jungen Jahren auf Pilgerfahrt nach Italien. Im Hospital von Aquapendente pflegte er Kranke, die von der Pest befallen waren, bis er sich ansteckte und selber krank wurde. Weil er niemandem beschwerlich sein wollte, zog er sich in einen nahegelegenen Wald zurück, um zu sterben. Der Hund eines Landjunkers spürte den kranken Rochus auf. Er stahl das Brot vom Tisch seines Herrn, um es dem entkräfteten Mann im Wald zu bringen. Der Landjunker entdeckte, was sein Hund tat. Und war so gerührt, daß er den Kranken zu sich nahm und ihn gesund pflegte. So konnte Rochus zur nächsten Pilgerfahrt nach Compostela aufbrechen. Als er zurückkam, warf man ihn in Montpellier ins Gefängnis. Dort starb er an Auszehrung, weil kein französischer Hund ihn ernährte. Er wurde der Schutzpatron der Pestkranken, der Ärzte und Chirurgen. Man ruft ihn heute an bei Knieleiden, Krätze und bei anderen Plagen, die aufgrund von eitrigen Beulen entstehen. Abgebildet wird Rochus mit Pestbeulen am Körper und fast immer in Begleitung eines Hundes, der ihm Brot bringt.

Wie war nun mein Lapo in jenes Schaufenster geraten?

Die Antiquitätenhändlerin war in den Besitz eines heiligen Rochus mit Begleiter gekommen. Längere Zeit hatten die beiden in einer Ecke des Geschäftes einer neuen Zukunft entgegengeharrt. Da tauchte ein deutscher Dermatologe auf, der von den Pestbeulen des Rochus sehr angetan war, vom Hund aber nichts wissen wollte. Der Geldnot gehorchend, verkaufte die Händlerin dem Hautspezialisten den schwerkranken Heiligen und stellte – aus Erbarmen mit der verlassenen Kreatur – am Tag, an dem ich zufällig vorbeikam, den Brotbringer, der ihr kein Geld brachte, ins Schaufenster. Ich muß gestehen, ich bin diesem Hautheiler, der kein Hundefreund war, bis auf den heutigen Tag dankbar. Er nahm den pestbeuligen Mann und ließ mir den brotbringenden Hund. Lapo ist seit über 15 Jahren bei mir. Er sagt mir täglich, daß er sein Brotherz mir schenken wird, wenn ich es brauche.

Ich vermute, daß Du Lapo nicht gelten läßt. Weil er mich nicht zwingt, mein Leben zu ändern. Einmal erzählte mir Gadamer, der Heidelberger Philosoph, wie seine Katze ihm beim Denken und Schreiben Gesellschaft leiste. Ein Hund – so seine Vermutung – wäre ihm unerträgliche Unruhe. – Lapo stört nicht. Er ist schließlich der Hund eines Heiligen.

Fax an Iso

Taps ist bei den Engeln und Strolchen, eingewickelt in ein Daunenkissen und in den alten beigen Dufflecoat meines Vaters, seines ersten Herrn.
Er war 13 Jahre und 3 Monate alt. Also 91 1/2, fast so alt wie Ernst Jünger. Aber eben nur fast!

In Trauer

Liebe Verena,

Taps ist tot? Ist er also zu den vielen gegangen, zu Argos, dem Hundekönig, zu Cerberus, dem Wächter, zu all denen, die im Himmel die Ohren anlegen und wedeln, wenn sie etwas sehen, das die Heroen und die Heiligen noch nicht erkennen? Ich seh ihn, den gehmüden Taps, wie er mir nachblickt beim Hochsteigen der Treppe in Deinem Haus. Lohnt sich das mühsame Steigen, schien er zu fragen. Was kann da oben schon geschehen, das ein altes Hundeherz nicht auch von unten begriffe?
Eine Meute kläffender Hunde tönt von Caggio zu mir herüber. Die toskanischen Hügel lassen die Töne nur wellenartig vorankommen. Ein an- und abschwellender Protest, scheint es mir. Jemand hat den Hunden Anlaß gegeben, ihre Stimmen zu erheben. Vielleicht hat einer der Hunde laut geträumt. Und weil alle mithelfen, die Zeit der Gefangenschaft zu verkürzen, kläffen sie erregt mit.
Auf Caggio leben etwa ein Dutzend Jagdhunde in einer flachen Baracke. Sie haben in der jagdfreien Zeit nur einen schmalen eingezäunten Umlauf. Wer auf dem Schotterweg daran vorbeikommt, wird nicht erwartungsvoll begrüßt, sondern als Eindringling verbellt. Aus der Entfernung ist ihr Gekläff schön und lebendig wie das Gerede in einer Osteria. Da der Sakristan von San Leonino nachlässig ist und die Wendezeiten von Tag und Nacht nicht mehr mit der Glocke angibt, springen die Hunde

ein. Nicht auf die Minute, aber doch verläßlich. Bei Vollmond alle Viertel schlagend. Die Bauern in den Weinbergen und Olivenhängen der Umgebung hatten die Gewohnheit, das Zeichen des Kreuzes zu schlagen, wenn die Glocke erklang. Warum tun die Frommen es nicht, wenn Hunde die vergehende Zeit ausrufen? Wäre ich Dominikaner, ich würde es bei jedem Hundelaut tun.
Wenn ich an Taps denke: Was sind es für andere Töne, die von Caggio herüberkommen. Zu seinem vornehmen schweigsamen Brummen ist dies das proletarische Gekläff. Du wirst es nicht glauben, dieses auftrumpfende Gebell der toskanischen Meute gefällt mir als Hommage – entschuldige, als »Chiennage« – an Deinen Taps, der jetzt im Hundehimmel bummelt.
Meine Nachbarn besitzen einen Hund namens Bimbo. Auch so ein Greis wie Jünger, vor hündischen Urzeiten in der Schweiz geboren, und immer noch ein Stehaufmann sondergleichen. Vor wenigen Monaten hat er in Wien aus dem obersten Stockwerk eines Stadtpalais einen Selbstmordversuch unternommen. Er sprang, von imaginärer Anhänglichkeit gepeinigt, vom Fenster in die Tiefe, fiel hart auf und brach sich beide Vorderbeine. Weil die Tierchirurgen in Wien wahre Zauberkünstler sind, humpelt Bimbo heute mit zwei geschienten Läufen in Caggiolo herum. Die Inkarnation eines so lahmen wie lüsternen Pilgers aus Pasolinis Canterbury Tales. Er erwartet permanent Tröstungen für seine Leiden. Bimbo habe ich heute auf dem Etruskerhügel von Taps erzählt. Hunde nehmen es nicht übel, wenn man von Dahingegangenen liebevoll

redet. Anhänglichkeit an die Toten stört sie nicht, macht sie nicht eifersüchtig. Bimbo hörte geduldig zu, den Kopf flach auf einer Steinplatte, und ließ mich von seinem Bonameser Konkurrenten schwärmen. Er vernahm alles, erwog alles, überhörte alles – und sprang humpelnd auf, als er hörte, daß Taps als Reisender durch Italien besonders den Parmesankäse liebte.

Meine Beziehung zu Hunden – dies muß ich doch einmal sagen – ist nicht von Anbeginn problemlos gewesen. Der erste Hund, der mich biß, sicher ohne es zu wollen, war Rex. Ich habe ihm den Biß nicht nachgetragen und er mir meinen Schrecken nicht. Unsere Nachbarin Tresa war Witwe und liebte ihren Hund. Er trottete ihr überall nach. Auch wenn sie die Hühner fütterte, war Rex dabei. Er nahm an der lauten Aufgeregtheit des Flattervolks keinen Anstoß. Da tauchte im Hühnerstall ein Huhn auf, das nur ein Auge hatte. Vorbei war es mit Rexens königlicher Gelassenheit. Sobald er die augenlose linke Gesichtshälfte des ansonsten völlig normalen Tiers erblickte, raste er wild auf das arme Wesen los und brachte mit seinem unverständlichen Verfolgungswahn den ganzen Hühnerstall durcheinander. Daraufhin mußte Rex vor dem Zaun warten. Er tat es ungern und bellend, weil er wußte, daß man ihn an seiner Pflicht hinderte, das Abnormale zu verfolgen. – Es war die erste Lektion in Rassismus als Naturanlage, die ich in meiner Kindheit erhielt. Ich verdanke sie dem beschränkten Verstand von Rex und dem bedauernswerten Los des einäugigen Huhns.

Immer noch glaube ich, man hätte durch gutes Zureden, durch geschickte Ablenkungen, durch allmähliches Angewöhnen an die aparten Besonderheiten eines Hühnerangesichts den blinden Hundehaß überwinden können. Unter Menschen ist die Ausrottung des Hasses aussichtslos. Bei Rex hatte ich eine Zuversicht, daß er durch Übung und allmähliche Einsicht das ihm mißfallende Huhn am Ende zu übersehen vermocht hätte.

Rex ist längst tot. Angeblich müssen auch die Hunde im Himmel durch den Fluß des Vergessens schwimmen, bevor sie Zugang zum Garten der Lustbarkeiten erhalten. Rex und das blinde Huhn haben gemeinsam am Gartentor des Paradieses Taps erwartet.

Lieber Iso,

der Zutritt zum »Garten der Lustbarkeit«, wie Du das nennst, ist Hunden von Kindesbeinen an erlaubt. Aber Du könntest recht haben. Vielleicht findet Taps in der Ewigkeit, wovon er zu Lebzeiten ausgeschlossen war. Bis ins Alter wußte er nicht, welches Geschlecht er bevorzugen sollte. Begnadet, sagst Du vielleicht, aber es sah nicht ganz danach aus. Kann sein, daß Taps in seinem Leben niemals »Geschlechtsverkehr« hatte. Was für ein Wort!

Da war Bonny, der Airedale-Terrier, der Hund meiner Kindheit, ganz anders. Die Frau seines Lebens hieß Molly. Molly war eine weiße, häßliche Spitzin mit einem vorstehenden gelblichen Zahn. Zusammengezählt hat Bonny bestimmt ein Jahr vor dem Gartentor von Herrn Seidenfaden auf seine Geliebte gewartet. Das klingt nach Treue oder nach einem Kinderglauben. Die Bande, die Bonny anführte, war auf amouröse Ausflüge spezialisiert.

Ich erinnere mich an die vom Pudel bis zum dreisten Fiffi sortierte Meute, die Bonny für den Tag zu den Frauen oder, bei Flaute, zur Hasenjagd abholte. Manche finden es kompliziert, von vielen geliebt zu werden, Bonny fand es wunderbar und wußte sich vor zuviel Liebe zu schützen.

Wenn unsere Zuneigung ihm auf die Nerven ging, stieg

er auf seinen speckigen Ledersessel und versackte für Stunden in den weitläufigen Revieren seines Ichs.
Bonny war der einzige Lehrmeister, dem ich mein Vertrauen schenkte. Er war ein Gerechter mit zwei Leben. Eins für sich und eins für uns. Er konnte das eine vom anderen taktvoll trennen, ohne uns je direkt zu beleidigen. Bonny holte mich von der Straßenbahn ab und stand auch schon da, wenn ich eine Stunde oder den ganzen Unterricht geschwänzt hatte. Ich fand das selbstverständlich, Bonny auch. Als einziger war er meinem zögernden schulischen Werdegang gegenüber sehr aufgeschlossen. Er aß die Schulbrote, auch wenn sie schon ein bißchen ranzig rochen, er begleitete mich, wenn ich im Nachthemd durch den Garten ging, um krank zu werden. Er verriet mich nie, obwohl man ihm ansah, was er wußte. Er wartete, wenn mein Bruder mir Nachhilfe in Latein zu geben versuchte. Sobald der Wecker läutete, den ich zur Wut meines Bruders vor mir aufgestellt hatte, öffnete Bonny mit seiner Tatze (»Pfote« wird für immer gemieden) und seiner Nase die Tür und rettete mich bis zum folgenden Dienstag vor Caesars Armeen.
Du willst die Geschichte von Taps hören, die ist aber ohne die Geschichte von Bonny von mir nicht zu haben! Bonny zeigte mir die ersten wichtigen Wege. Wir gingen zusammen durch den Garten, er führte mich, damit ich nicht auf die Blumen trat, er nahm mir das Ei aus der Hand, das ich nicht essen sollte, weil er es essen wollte, er leckte mir das Ohr, wenn er merkte, daß ich wieder einmal nicht zuhören konnte. Ich weiß nicht mehr ge-

nau, ob ich so ungern in die Kirche ging, weil Bonny nicht mit in die Kirche durfte. Unbewußt hielt er den Gedanken an das Erhabene oder den Glauben von Gott im Himmel von mir fern.

Als Bonnys Sohn Larry Ostern unter Christel Wagners Rock versteckt wurde und Larry als ewiger Zweiter in Bonames einzog, konnte ich bei den Hunden beobachten, was mir in der Beziehung zwischen meinem Bruder und mir schwer verständlich war. Immer wenn es hart auf hart kam, drohte mein Bruder mir biblisch mit dem Erstgeborenenrecht. Bonnys Autorität und Rangfolge respektierte Larry, aber die Unterwerfung unter eine starke Persönlichkeit tat ihm nicht gut. Larry blieb seelisch zurück. All seine Versuche, ein eigenes, selbständiges, von Bonny unbeobachtetes und unkommentiertes Leben zu führen, waren rührend, aber erfolglos. So wollte ich nicht enden.

Die Abende meiner Kindheit gehörten nicht dem Fernseher, sondern den Hunden. Sie wurden ausgesperrt, wir versteckten Hundekuchen oder »Wolff-Rolle«. Bonny und Larry stürmten auf Kommando ins Zimmer und spielten »such, such«. Ihnen war das wahrscheinlich nach ein paar Jahren ebenso lästig wie uns, aber ein Ritual ist ein Privileg – wer schmeißt es wie einen Ball einem Hund vor die Füße? Vor Taps muß ich auch Timmy erwähnen. Da ich mich selbst zu Timmys Lebzeiten in einer turbulenten Lage befand, mußte Timmy so werden, wie besorgte Hundepsychiater mit viel phantasierter Empirie erforscht haben: seelisch gestört.

Nun ist mir noch ziemlich lange durch den Kopf gegangen, weshalb ich im Fax zu Taps' Tod das Lebensalter von meinem lieben Hund ausgerechnet mit dem Lebensalter Ernst Jüngers in Verbindung gebracht habe. Ich hätte ja jeden anderen nennen können, an erster Stelle meinen Vater, der allerdings nicht so alt wie Taps geworden ist. Oder Hermann Joseph Abs, der älter geworden ist als mein schöner Hund, aber am Ende bestimmt nicht so himmlisch auf Federn gebettet von unserer Oberfläche verschwand.

Wieso also Taps und Ernst Jünger? Vielleicht weil Jünger sich selbst mit »Anarch« anspricht und in einigen seiner Bücher über Tiere räsonniert. In »Siebzig verweht« denkt er über das »Numinose in Tieren« nach. Tiere erscheinen ihm, jedenfalls am 5. Dezember 1985, glaubwürdiger als Menschen. Vielleicht hat er diese Einsicht längst verworfen, aber ich nehme sie erst mal, wie sie im Buche steht.

Eddi hat einen Grabstein aufgestellt. TAPS steht drauf, kein Datum, kein Geleitspruch, nichts, was seine Würde verletzen könnte. Bonny, Larry und Timmy liegen ebenfalls, aber ohne Stein, hinter dem großen Lorbeerbusch.

Ich lese gerade zum zweiten Mal Bulgakows »Hundeherz«. Ein prophetischer Schocker über zukünftige Genkunstflickerei. Moppel war, bevor ihm noch Schlimmeres geschah, in den zwanziger Jahren ein armer, räudiger, nachrevolutionärer Moskauer Straßenköter. Professor Filippo Filippowitsch las Moppel von der Gosse auf, er wurde erst gebadet und gefüttert und dann operiert. Mit der implantierten Hypophyse eines Menschen konnte

Moppel Sätze sprechen, von denen kein Mensch ohne Bulgakows Überlieferung eine Ahnung hätte. An einer von Moskaus Straßenecken, an denen die Bettler so dicht nebeneinander sitzen, daß Moppel gar keinen Platz zum Verschnaufen fand, rief er: »Ach, Äpfelchen, wo rollst du hin?« Heute nicht durch Moskaus Straßen, sondern in Briefform von Frankfurt nach Zürich.

Fax an Iso

Wir haben seit heute nachmittag einen neuen Hund. Sie heißt »Kismet von Kirchberg«. In ihrem rechten Ohr ist die Nummer 2906 eingebrannt. Ihre oberhessische Herkunft kann nicht darüber hinwegtäuschen, daß Kismet, die wir ganz unfromm »Nelke« taufen werden, ein Irish Terrier ist. Ihr struppiges Fell hat die Farbe getrockneter Nelken. Nelke kommt nicht von Pißnelke, wie die liebe Nachbarin witzelte.

Meine Nichte Maria wohnt zur Zeit bei uns und macht ein Praktikum bei den Nilpferden im Zoo. Sie wird mir in den ersten Tagen (und Nächten) helfen. Maria ist eine große Pädagogin. Nelke muß allein bleiben, nichts Bett, nichts Schlafzimmer, gar nichts dergleichen!

Habe gar keine Zeit mehr, muß Nelke in das Leben und seine vielen Seiten einführen. Sie versteht rein gar nichts davon!

Liebe Verena,

da war ein Hund, ein kleiner bissiger Teufel. Ein Bastard, glaubte ich. Doch dann sah ich ihn anders. Ein Foxterrier war es, rauhhaarig und weißlich, mit schwarzen Flecken mitten im Gesicht. Ein schlaues Ding, das alles kann, nur nicht ruhig sein. In alten Filmen gibt es diese kleinen Bestien. Echte Allrounders, denen man alles abverlangen kann. Sogar, daß sie auf einem Bein tanzen und Arien singen. Mein Terrier aber rannte hin und her, als sei Fürchterliches geschehen. Wenn er näher kam, drehte er sich wie ein Kreisel, maßlos erregt. Er bellte – man sah es seinen Bewegungen an, dieses gezuckte Anheben und gleichzeitige Vorschieben von Kopf und Hals konnte nur ein wildes Bellen sein. Zu hören war nichts, gar nichts. Als gäbe es keine Ohren auf der Welt.
Was will er bloß, fragte ich mich. Er schien mich irgendwohin locken zu wollen, hartnäckig unfreundlich. Da waren wir auch schon vor einer tunnelartigen Öffnung, ein eisernes Tor stand offen, der Eingang sah aus wie jene Festungen in den Alpen, wo Schweizermänner im Innern des Bergs ihre Dienstpflicht tun und wo an der Felswand eine Tafel angebracht ist mit der Warnung: »Fotografieren verboten!« Was wollte der Kläffer hier? Er zog mich regelrecht in den Berg hinein. Ich mußte ihm folgen, obwohl es ungemütlich wurde, dunkel und naß, geradezu unheimlich. Ein sich verengender Gang, unbeleuchtet, zu

niedrig, man mußte sich bücken. Bald konnte ich den Hund nur noch in der Ferne ahnen, so weit schien er mir vorausgeeilt. An den Seiten des Gangs bemerkte ich Steinplatten, auf denen Buchstaben eingraviert waren. Unlesbar in der Dunkelheit. Ich streckte meine linke Hand aus. Man konnte Schriftritzen fühlen und etwas wie Palmenblätter. Auf einmal glaubte ich, tastend RIP gelesen zu haben. Es trieb mich weiter. Die Finger erkannten das Wort SALIS, oder war es vielleicht SALUS? Jetzt ertastete ich DUX, möglicherweise auch LUX. Auf einmal wußte ich, was ich hier suchte. Einen Stein mußte ich finden mit den Buchstaben TAPS. Taps mußte hier liegen, aber wo? Ich streckte beide Arme aus und konnte so auch die rechte Wand befühlen. Doch rannte ich so schnell an den Grabplatten entlang, daß die Finger den Namen nicht ertasten konnten. Ich rannte und rannte. Es half nichts. Da begann ich, nach dem weißen Fox zu rufen. Fox, Fox, immer wieder Fox! War das überhaupt sein Name? Es spielte keine Rolle, denn meine Stimme war nicht zu hören. Kein Ton. Nichts. So laut ich auch rufen mochte. Verena, Dein alter Taps setzt mir zu. Weiß der Fox, weshalb ich ihn heute nacht suchen wollte. Nicht daß Du glaubst, ich hätte etwas gegen Nelke. Eine Nelke macht offenbar schnell einen Frühling! Das versteht auch einer, der es mit den alten Hunden hält, weil sie in ihrer Müdigkeit abgeklärt und hellsichtig werden. Taps war so in seinen letzten Tagen. Wie er Dingen nachblicken konnte, die für ihn nicht mehr erstrebenswert waren – dieses Bild will mir nicht aus dem Kopf.

Ich weiß von einem lebenserfahrenen Pudel, der ein Beweis für meine Behauptung ist, daß Hunde in hohem Alter über ein exzellentes Gedächtnis verfügen. Wußtest Du, daß alte Hunde ihre Erinnerungskraft mit großem Feingefühl den zur Vergeßlichkeit neigenden Menschen vorführen?

Rollo konnte stundenlang träumend daliegen. Wenn inmitten seiner glücklichen Abwesenheiten jemand fragte: »Rollo, wo ist das Kugele«, erwachte Rollo, erhob sich aber nicht wie ein dumm beflissener Springinsfeld, sondern blieb liegen, dachte nach, ordnete regelrecht seine Gedanken. Er erwog örtliche Möglichkeiten, zog zeitliche Koordinaten, um Vergangenes von Vorvergangenem zu trennen. Dann kam er zu einem Entschluß. Denn erst, wenn die Antwort für ihn so klar wie die gestellte Frage war – es konnte eine Minute dauern, bis alle Abklärungen in seinem weitverzweigten Hundehirn vollzogen waren –, erhob sich Rollo würdevoll und begab sich auf dem kürzesten Weg zum Ort, wo das Kugele lag. Im großen Salon konnten dies an die zwanzig verschiedene Plätze sein. Für Rollo war kein Irrweg notwendig, kein probierendes Herumschnüffeln und kein Suchen auf gut Glück. Die Kraft der Erinnerung an vergangene Kugele-Spiele reichte vollkommen aus, um das Objekt gleich am richtigen Ort abzuholen. An seinem eben verlassenen Schlafplatz legte Rollo das Kugele neu vor die eigenen Augen. Den Kopf flach auf dem Teppich, kehrte Rollo zu seinen Träumen zurück. Rollo war ein Gedächtniskünstler!

Der Taps-Traum hat mir keine Ruhe gelassen. Ich hab

nachgedacht wie Rollo, was Hunde in einem Grabschacht suchen könnten. Es fielen mir nur ägyptische Königsgräber ein. Da soll es eingeritzte Hundenamen an den Wänden geben. Die Ägypter malten auch Hunde über ihren Grabstätten. Langförmige, prächtige, spitzohrige Hunde. In Theben, im Grab des »Dieners an der Stätte der Wahrheit«, sind sie noch zu sehen. Wilde Hunde und Schakale, streunende Räuber am Wüstenrand, gefährdeten die Unversehrtheit der in der Wüste begrabenen Toten. Um vor diesen Ruhestörern und Totenschändern sicher zu sein, machte man die Hunde zu Wächtern der Nekropolen. Abydos war ein Ort der Verehrung des Wächtergottes in Hundsgestalt. Später wurden Hund und Schakal mit dem Gott Anubis identifiziert. Anubis war zuständig für die Einbalsamierung der Toten. Deshalb liegt der Gott in Hundsgestalt über den Sarkophagen. Daneben gibt es auch stehende hündische Wächter. Einer hieß Webwawet – »Der Öffner der Wege«. Weil Hunde Dienst an den Toten leisten, deutete man es als »Öffner der Wege zum Westen«, zum Ort, wo die Sonne untergeht. Zum Totenreich also. Der Hund führt die Seelen zum Totengericht. Auf der Waage der Maat, der Göttin der Gerechtigkeit, des Maßes und der Ordnung, wird das Herz der Toten gegen die Feder, das Symbol der Maat, abgewogen. Der Hund steht daneben und paßt auf. Er ist der oberste Kontrolleur der Gerechtigkeit! Neben ihm wartet die Totenfresserin, die zugreift, falls die Waage aus dem Gleichgewicht gerät, weil das Leben der verstorbenen Seele kein richtiges war. Ist die

Prüfung bestanden, führt ein falkenköpfiger Gott die Seele vor Osiris, der auf dem Natronsee thront. – Hund im alten Ägypten, was für ein beneidenswertes Los!
Ich nehme an, daß Taps jetzt das Tor zur Unterwelt öffnet und die Seelen der guten und der schlechten Schriftsteller zur Waage der Gerechtigkeit bringt.
Für Nelke, die ahnungslos muntere, einen vitaminreichen Hundekuchen.

Lieber Iso,

welch tiefe Seufzer hörte ich aus der nächtlichen Welt. Du, Lynkeus der Schweiz! Zürich unter Dir schläft, nur Dein Faxgerät leuchtet und fiept und schickt Dir aus der Bibliothek eines entfernten Teils dieser Erde Nachrichten über die Privilegien des Hundes beim Beerdigungsritual ägyptischer Herrscher.
Ich sah Dich deutlich vor mir, die Nase so weit nach vorne gebeugt, daß die Brille gerade nicht herunterrutscht. Du warst verzweifelt und sehr ungeduldig dem Losungswort auf der Spur: Recrescere in pacem »Fox«! Vielleicht wirst Du es mir nachsehen, ich mußte lachen, laut und lang, soll gesund sein, steht in den Büchern, mir tat alles weh.
Um Dich aus der entfernten Alten Welt mit all ihren ungelösten Fragen zu befreien, bitte ich Dich jetzt an den Eßzimmertisch meiner Kindheit. Ich will Dir nicht mein Leib- & Magengericht anvertrauen (Kartoffelpuffer mit Apfelmus), ich will Dir den Stuhl vor der Heizung und vor dem Fenster zeigen, an das bei Wind die schlingernden Arme der Weide wischten oder bei Böen heftig schlugen. Auf diesem Stuhl durften, je nach Laune, »zwei Herren« sitzen: Bonny oder Herr Niemand mit grünem Bart. Da Herr Niemand seinen langen Bart als Serviette benutzte, mußte Bonny, ein weißes handtuchgroßes Tuch umgebunden werden. Da ich weder mit Herrn Niemand

noch mit Bonny meine Reibekuchen teilen mußte oder durfte, fühlte ich mich mit meinen beiden unterschiedlichen Tischgenossen beruhigt und in Sicherheit.
Ja, Vertrauen hat mich zu ihnen hingezogen, nicht Gespräche, Geld, Süßigkeiten, Puppen oder Schönheit, was weiß ein Kind davon, es differenziert nach feineren und strengeren Maßstäben. Unerwarteten Gästen bot sich ein merkwürdigeres und komischeres Bild, wenn Bonny auf dem blau-gelb gestreiften Stuhl saß, als wenn Herr Niemand Platz genommen hätte. Für mich war es mehr als Spiel, und ich bin sicher, wenn wir beide eine halbe Stunde Zeit hätten, um in Diderots Weisheiten herumzusuchen, fändest Du als erster die passende Stelle über das Tischgespräch unter ungleichen Personen oder Diderots Ansichten über die Lieblichkeit des Schweigens.
Bonny war, außer in Mollys Nähe, immer aufmerksam und bereit, Pfote und Schnauze auf den Tisch zu legen, das Hecheln und leichte Sabbern einzustellen. Herr Niemand mit dem grünen Bart war das nicht. Er war mal so, mal so aufgelegt. Er motzte oder schmatzte, blubberte mit dem Strohhalm riesige Blasen in den von Frau Lau selbsteingemachten Kirschsaft. Es dauerte, ich weiß nicht mehr wie lange, bis ich an Herrn Niemand die Launen meiner Phantasie, also mich selbst wiedererkannte. Wie ein vom Dach gestürzter Schlafwandler blieb Herr Niemand von diesem Moment an fort, nie wieder war er Gast am ovalen Tisch.
Dabei kommt mir die Frage in den Sinn: Wann lernt ein Kind die Welt der Vorstellung von der Welt, wie sie zu

sein scheint, zu trennen? In welchem Alter, unter welchen Umständen dieser Riß auch geschieht, ich glaube, dies ist der Augenblick, in dem die Kindheit ihren inneren Kern, ihre Poesie verliert und das Herz allein als biologischer Klumpen funktioniert.
Ich habe mich, zur Verzweiflung meiner Eltern, sehr lange in dem ortlosen Raum, dessen Maße allein die Vorstellung bestimmt und verschiebt, herumgetrieben. Aber, es kann ja sein, Du weißt, wieviel Quadratkilometer die Phantasie umfaßt, und ich habe in Dir den irdischen, fleischlichen Nachfolger von Herrn Niemand gefunden. Denn, wie sonst ist es möglich, daß ich nicht aufhöre, Dir Geschichten zu erzählen, die Du gar nicht hören willst?
Als ich ein Kind war, erzählte ich dem schweigenden, brummelnden oder sanft schnarchenden Bonny auf dem durchhängenden speckledernen Ohrensessel meine Geschichten, und deshalb mußt Du jetzt in der sehr ehrenhaften Nachfolge von Bonny und Herrn Niemand eine Abschweifung in die »Niemandsbucht« hinnehmen.
Peter Handke hat, wie jeder Leser seiner Bergpredigt über den Sainte-Victoire weiß, eine absonderliche, vom Großvater übernommene Angst vor Hunden. Könnte doch, wenn schon nicht Monsieur Cézanne persönlich, so doch Gustave Courbet aus seinem wunderbaren Bild »La rencontre ou Bonjour Monsieur Courbet« heraus, Handkes lange Haare streicheln und ihn mit der Botschaft beglücken, daß Hunde nachtragende, aber langmütige Tiere sind. Die Hunde hätten, würde der Ich-Apostel Handke nicht auf seinen Spaziergängen mit Erde nach ihnen

werfen, ein Einsehen mit der kreatürlichen Angst eines deutschsprachigen Dichters.
Hunde, die allein durch ihre Anwesenheit, durch ihr Raufen, Rennen und Markieren gegen jeden Bannstrahl der Heiligkeit immun sind, könnten Handke aus seiner selbsterschriebenen andächtigen Furcht befreien. Nun muß ich Peter Handke noch in aller Deutlichkeit sagen, daß mein Herr Niemand mit dem grünen Bart lange vor dem Entstehen der »Niemandsbucht« auf Erden gewirkt hat, kein Hund, selbst wenn er Schulter an Schulter neben ihm auf dem Stuhl saß, konnte ihn einschüchtern, außer er trug ein ziegelsteindickes Buch im Maul.
Nach diesem Seitenblick auf den erleuchteten und gepeinigten Handke bitte ich Dich um alles, was Du von Elias Canettis Verhältnis zu Hunden weißt, ich muß sagen, ich zweifle, ob er es mit dem Herrn Niemand aufnehmen kann! Die Nachfrage beim Doppelweltkrieger Jünger wollen wir mit Rücksicht auf die sensiblen unter den bellenden Hunden verschieben. Zum Schweigen muß eine neue Sprache erfunden werden. Glück dabei, hundelose Träume und antworte schnell.

Liebe Verena,

glaube nicht, meine Seele sei in ägyptischen Schächten auf der Suche nach dem Einbalsamierer verlorengegangen. Nirgends zwar kommt man mit dem Hund so auf Abwege wie bei den Ägyptern. Da glaubt man, einen schlanken, windeiligen und spitzohrigen Wächter vor sich zu haben, und je nach Ort und Zeit hat man es mit einem Gott zu tun, einem Aufspürer der Feinde des Horusauges, einem Schnüffler im Delta der Lagune, einem Herrn des weißen Landes, einem Beherrscher der Gotteshalle. Die Hunde am Nil haben Aufgaben und Namen ohne Ende.
Was mich nach Deinem letzten Brief beschäftigte, war aber kein ägyptischer Hund, sondern der Herr Niemand mit dem grünen Bart. Er ist schuld, daß ich lange Zeit verstummte. Und wäre nicht das Auge des Begleiters der Dona Juana von Portugal gewesen, das mich heute im Wiener Kunsthistorischen Museum unvergleichlich erwartungsvoll traf und damit aus melancholischer Lähmung wachrüttelte, Herr Niemand hätte mich am Ende mundtot gemacht. Aus wäre es gewesen mit gemeinsamen Erforschungen der Hundeseele. Die Frau, die Herr Niemand mit seiner Anwesenheit beehrt und bezaubert, braucht keine Erforscher ägyptischer Grabkammern. Jener Herr, der schlafwandlerisch vom Dach der Kindheit stürzt, wartet am aussichtsreichsten darauf, am Tisch der

erwachsenen Dame sitzen zu dürfen, um den ihm zustehenden Teil des Reibekuchens einzufordern.
Ich werde Herrn Niemand mit einem Hund aus dem Gedächtnis löschen. Mit dem Begleiter jener Dona Juana von Portugal. Sie wird manchmal auch die Regentin genannt. Fünf Jahre herrschte sie in Spanien, in der Zeit, da ihr Bruder Philipp II. sich nach England begab, um dort Maria die Katholische zu heiraten. Sie ist die junge Herrscherin – zwischen 19 und 24 war sie, als sie in Valladolid regierte –, von der man sagt, sie habe ihren Kopf und ihr Gewissen immer dadurch entlastet, daß sie bei ihrem Vater Karl V., dem gut fünfzigjährigen Einsiedler von San Yuste, fleißig nachfragte, wie sie es mit Protestanten und sonstigen Ketzern halten solle. Der fromme Herr hat sie in Briefen und Mahnungen bestärkt, keine Milde walten zu lassen, sondern gnadenlos zu Gottes höherer Ehre die Verbrecher vom Scheiterhaufen ins Jenseits zu befördern. In den Jahren von Valladolid hat sie der spanische Hofmaler Alonso Sanchez Coello mehrfach porträtiert.
Gelegentlich hat diese Dona Juana auch schöne Entscheidungen getroffen. So hat sie mitten in Madrid das herrliche »Monasterio de las Descalzas Reales« gegründet, das Kloster der unbeschuhten königlichen Frauen, dem Orden der Heiligen Klara verpflichtet, in welchem sie selbst auch begraben liegt. Heute sind die Klarissinnen ausgezogen, ein Museum ist entstanden. Leider kann man sich dort nicht frei bewegen. Man wird von korrekten, völlig erbarmungslosen Nachfolgerinnen der steifen, bigotten Stifterin im Eiltempo durchs Museum gejagt.

Doch bin ich in Wien und nicht in Madrid. Und da blickt Dona Juana aus verquollenen Augen unfreundlich ernst von der Wand, den rechten Arm an einen Pfeilersockel lehnend, in Seide von tiefstem Schwarz, mit hochgeschlossener Krause, das Haar unter eine strenge Kappe gezwängt. An einem nach oben breiter werdenden Schleierband hängt auf der Brust rotgoldener Schmuck. Die rechte, nach unten gerichtete Hand trägt einen Handschuh, zwischen den Fingern erkennt man ein weißes Taschentuch und ein, wie man annehmen darf, kunstvoll illuminiertes kleines Stundenbuch. Und der linke Arm? Der holt auf der Bildfläche auffällig aus – wodurch die elegant schmale Taille von Dona Juana erkennbar wird –, um nach einer Krümmung des bauschig ausstaffierten Ellbogens die unbeschuhte, vielfach beringte, strahlendweiße Hand auf den Kopf ihres Begleiters zu plazieren. Eine königliche Handauflegung, dem besten und treuesten aller Wächter zugedacht.

Unter so starker Leib-und-Seele-Protektion ist kein Hund je gestanden. Ich vermute, auch sonst niemand im damaligen spanisch-habsburgischen Reich. Der Hund selbst, sitzend der Dame bis an die Hüfte reichend, mit kurzem hellem Fell, breiten Pfoten und kräftigen Vorderläufen, ist von einer Rasse, die für einen Nichtadeligen schwer zu bestimmen ist. Der passende Hofhund des spanischen Absolutismus, und seine gattungsgeschichtliche Bedeutung besteht meiner Meinung nach darin, daß El Greco beim Betrachten dieses schmalen, länglichen, intelligenten Hundekopfs eines Tages die geniale Vorstellung gewann, wie er in Zukunft die Gesichter der leidenden Madonna und aller heiligen Märtyrer zu malen habe. Kurzum: Königlicher noch als Dona Juana ist dieser Hund. Er trägt ein übermäßig breites Halsband, das – wenn ich es richtig deute – mit den Wappen der spanischen und portugiesischen Herrscherhäuser geziert ist. An diesem Halsband läßt sich mehr noch als an allen durch Krausen beengten spanischen Granden und Infantinnen etwas vom Zähmungswillen ahnen, der damals von oben nach unten ausgeübt wurde.

Um so unverschämter, ja rebellischer der Blick, den dieser namenlose Hund unter der Hand der Herrscherin dem Betrachter zuwirft. Dieser Blick macht ihn sogleich zum Komplizen. Da gibt es Menschen, die der Ansicht sind, Hunde seien unterwürfige, liebedienerische, subalterne Naturen, die nichts lieber tun, als sich einem Herrn oder einer Herrin unterzuordnen. Was für eine Verkennung des Hundecharakters! Wer je das schwarze Auge dieses Hundes hat aufblitzen sehen unter der Hand seiner Herrscherin, der hat direkt in die Seele des Marquis von Posa geblickt! Er hat im Fell der Freundschaft die Absicht des Umstürzlers erkannt, den gerechten Verrat gegen verordnete Hörigkeit, das Erspähen des richtigen Augenblicks für den Absprung. Dieser Wächter der Herrscherin läuft offen zum Betrachter über, obwohl die königliche Hand den im Kopf gefaßten Entschluß vorläufig noch niederhält. Wehe, sollte Dona Juana die Hand vom Kopf ihres Beschützers je heben! Der Hund wird, so wahr ich ein Hundekenner bin, aus dem Bild springen,

direkt in den Saal des Kunsthistorischen Museums, und heillose Aufregung auslösen.
Lange, sehr lange bin ich vor diesem Bild gestanden und habe gewartet, daß Dona Juana durch freundliches Zulächeln vielleicht doch einmal die Hand hebe. Doch das Weib in seiner Herrschsucht ist stur und steif. Juana hat die Hand nicht bewegt, nicht um Haaresbreite. Ich konnte nicht länger warten und bin zurück ins Hotel. Der Hund jedoch wartet ab. Und sollte seine Stunde auch erst am Tag des Jüngsten Gerichts kommen.
Kannst Du mir erklären, weshalb Frauen, Herrscherinnen, gegenüber jenen Wesen, deren Zuneigung sie längst gewonnen haben, so unnachgiebig sind? Warum sie nicht, für einige Sekunden nur, die Hand heben könnten, um zu erleben, was ihre Getreuen tun?

Lieber Iso,

Du hast mich dazu gebracht, mir vorzustellen, ich hätte bei meinem Tod das Privileg, einen Hund als Grabbeigabe mitzunehmen und die synthetische Leibwäsche plus Kopfkissen aus Plastik und die wiederverwendbaren Buchsbäume im Tauschverfahren einfach abzulehnen.
Als vor sieben Jahren meine Tante Camilla in der Schweiz verstorben war und der Chauffeur des Zürcher Bestattungsinstituts die Reise nach Frankfurt offenbar als Lustpartie ausnutzte, so daß die Tante am Abend vor ihrer Beerdigung noch auf der Autobahn war, teilte man mir, zwei Stunden bevor die Zeremonie beginnen sollte, mit, daß die Dame soeben wohlbehalten und in wunderschöner Eiche eingetroffen sei.
Aber zurück zu den Hunden! Auf ein lebendiges Hündchen würde ich in jedem Fall verzichten. Meine Tante Camilla, die Hunde auch sehr liebte, vermutlich mehr als sich selbst, was – das wäre ein weiteres Kapitel – nicht gut für sie und ihr Leben war, hätte mir den Ersatzpluto für die letzte Kreuzfahrt ermöglichen können. Aber ich hatte nicht das Glück, ihre vielen Fränkli zu erben. Sie vermachte alles einem armen unbekannten Blumenmädchen, was märchenhafter klingt, als es in Wahrheit ist. Tante Camilla war, anders als Kieseritzkys Tanten, nicht skurril, sie war dumm! Sehr dumm. Ich hätte den gesamten Zaster in Giacomettis schlendernden dünnen

Bronzehund investiert, womit ich bei dem Hund bin, den ich wirklich gerne ins Grab mitnehmen würde.
Du, eingesessener Graubündner, wirst den Stein in Stampa kennen, der grau, schwer und glatt ist und für den jungen Giacometti das Wunder bedeutete, die Höhle, das Geheimnis, der Muttermund, das Versteck.
Vor einem Jahr stieg ich, um Freunde in Soglio zu besuchen, nicht ahnend, wer hier aufgewachsen und beerdigt ist, in Stampa aus dem Bus. Das Schild mit der Gedenktafel »Hier wohnte Alberto Giacometti« fiel mir ins Auge, später sah ich dann viele Fotos vom dunklen einfachen Holzhaus an der Durchgangsstraße nach Italien. Besonders eins von Henri Cartier-Bresson hat mir gefallen. Die Mutter, wahrscheinlich die wichtigste Frau in Giacomettis Leben, schlohweiß, licht, wie die sich am Holzbalkon hochrankenden Rosen, die Haare kraus (wie die ihres Sohnes), beugt sich nach unten. Sie winkt. Unten steht er, die Jacke über die Schulter gezogen, der Heimkehrer. Seit ich Stampa und die dünne hohe Figur der Steine gesehen habe, die den Ort in der Falte des Gebirges umgeben, bin ich Giacometti sehr viel nähergekommen, ja, ich bin geradezu besessen von seiner Menagerie. Da nun Tante Camilla die Nächstenliebe vor die Verwandtenliebe gestellt hat, muß ich mich mit der Postkarte des Hundes begnügen, und die ist, mit dem Anspruch des Asketen geurteilt, ausreichend für mich. Soviel zu Ägypten.
Vielleicht hängt das auch, wenn auch nur indirekt, damit zusammen, daß ich noch niemals etwas von »jener Juana« aus Valladolid gehört habe, die im Namen ihres

Vaters Ketzer massakrierte, was ihrem Aussehen, wenn ich Dich richtig verstanden habe, nicht besonders gut bekommen ist. Ihr dekorativer madonnengesichtiger Hund ist ein bestimmt sehr aufschlußreiches Attribut. Und man könnte sich lange über die Triebabfuhr des Malers unterhalten, der beim Malen des Portraits einer verhaßten und häßlichen Herrscherin mit aller Raffinesse, die ihm unter den beschränkten höfischen Bedingungen erlaubt war, den Hund als Vermittler seiner Gedanken benutzte, um das unerträgliche Macht- und Kräftespiel ins Bild einfließen zu lassen.
Du solltest einmal mit mir in das von drei Frauen unterschiedlichen Alters und mit hoher Fach- und Sachkompetenz geleitete Hundegeschäft »Happy dog« gehen. Da kannst Du die übliche Auswahl heutiger Hundehalsbänder sehen. Die gesamte hohe Wand ist mit den unterschiedlichen Modellen vollgehängt! Schweres Nappaleder mit bronzenen Hundeköpfen in feinster Schmiedearbeit oder schwarze dicke Halsreifen mit eingelassenen Nieten aus Chrom, die aussehen wie der Gürtel des Sheriffs aus Cat Balou. An niedlicher Straßware für kurzbeinige Stadthunde fehlt es selbstverständlich auch nicht. Ich habe die drei Damen gefragt, ob ich einmal »hospitieren« darf, um all den glücklichen Hundebesitzern die Wünsche nach Rogen vom Stör für Asta oder nach Schokoladendrops für Coco von den Augen abzulesen. Die Damen von »Happy dog« waren sehr reserviert und sagten, ich solle wiederkommen, wenn die Chefin da sei. Ich fürchte, sie wollen mich nicht.

Deine Wiener Bildbeschreibung hat mich auf die Idee gebracht, auf den mir bekannten Doppelportraits Hund/Mensch das Beziehungsgeflecht zu überprüfen und zu sehen, ob der Mensch das Hundegesicht hat oder ob die Hierarchie in umgekehrter Richtung verläuft. Auf all den furchterregenden Bildern vom Jüngsten Gericht von Signorelli bis Jan van Eyck und Hieronymus Bosch habe ich kein Hundetier zwischen den bibbernden Gestalten ausmachen können. Der Hund gehörte in Europa, anders als bei Deinen Ägyptern, wohl doch eher zu den Lebenden. Auf dem berühmten Bild des Hochzeitspaares Giovanni Arnolfini mit seiner Gemahlin Giovanna Cenami steht der kleine wuschelige Hund zu Füßen des Paares still, wie alles auf diesem Bild stillsteht. Der Hund ist ein Liebespfand, eine besondere Art von Mitgift. In dem Großangebot an Symbolen, das der Meister van Eyck in seinem weltberühmten Doppelportrait ausgelegt hat (Apfelsine auf der Kommode und auf der Fensterbank, zwei Paar Schuhe), gibt ein Konvexspiegel den Raum im Raum als unendliche Folge wieder, die fein geschwungene Inschrift über dem Spiegel besagt, daß »Johannes de eyck fuit hic 1434«. Welche Rolle aber hat der Maler dem kleinen Hund zugedacht? Sein Gesicht, einem Affen ähnlicher als einem niedlichen Schoßhündchen, steht genau zwischen den beiden. Der Hund schaut, im Gegensatz zu dem Ehepaar Arnolfini, den Betrachter listig an. Der Hund ist Zeuge einer äußerst ernsten Zeremonie, die nur er nicht ernst zu nehmen scheint. Es muß Giovannas Hündchen gewesen sein, denn verschmitzt, wenn auch

sehr schüchtern, anders als das Tier, sieht Giovanna halb auf den Hund und halb auf die segnende Hand ihres neuen und ewigen Herrn. Wahrscheinlich weiß man, was aus der Ehe geworden ist und wie viele Kinder in dem Bett unter dem purpurroten Baldachin gezeugt worden sind. Weshalb gibt es solche schönen Betten nicht mehr? Wegen des Staubs, sagt die Hausfrau, und was sagst Du?
Aber wenden wir uns noch einmal Bonny zu, der ein so feuriger und ungenierter Liebhaber war, daß er seine Frauen zum Akt zwar nicht auf seinen tiefen schweren Ledersessel führte, sondern sie, ohne jede Scheu vor Publikum, vors Haus auf den Rasen brachte. Als Kind war ich sehr verwundert, die Erwachsenen mit Schlauch und Gießkanne und irgendwie verlegen lachend beim Auseinanderziehen von zwei Hundekörpern zu beobachten.
Ich ahne, wie Du jetzt in Deine Bibliothek eilst und in einem Buch aus dem 17. Jahrhundert über die Riten der Hundebegattung nachliest, um mir mit der nächsten Post zu beweisen, daß Gießkanne und Schlauch als Frühabtreibungsmittel im Barock absolut unüblich waren. Und damit begebe ich mich in alle Fallen, in die ein kluger Hund seine Schnauze niemals stecken würde, und erinnere Dich an Elias Canetti und die Hunde seines Lebens. Was Canetti über Kamele weiß, habe ich längst gelesen, sein Verhältnis zu Hunden kenne ich immer noch nicht.

Liebe Verena,

ich bin für einige Tage im schönsten Alpenhotel abgestiegen. Ein Haus, das Dir nicht unbekannt ist. Ebenfalls hier abgestiegen sind zahllose Reinkarnationen Deiner Tante Camilla. Zwei von ihnen tragen dreimal täglich einen Rauhhaardackel und einen weißen Terrier lautlos über den Läufer der Couloirs der Bel-Etage zum Gassigehen. Hier gibt es keine Gassen. Waldpfade mit ihren weichen Moospolstern und zarten Grasbüscheln sind für Hundebedürfnisse ohnehin geeigneter, und deshalb geht es hier den Hunden besser als in ihren Stadtwohnungen. Bisher ist es mir nicht gelungen, mit Frau Dackel und Herrn Terrier vernünftige Beziehungen anzuknüpfen. In übergroßer Erwartung des Arvenwaldes sind sie für keine Ablenkungen zu gewinnen. Dies wäre eher mit den klonierten Camillen möglich, was ich aber strikt ablehne. Wenn schon Camilla, dann die echte! Findest Du nicht auch?
Meine Gedanken wandern über den Silsersee nach Pila, wo Ferro der Bergamasker sie mit seinen Hängeohren auffängt. Sofern er in der Sonnenmulde döst und nicht einer weithergereisten Sommerfreundin auf dem Campingplatz von Maloja seine Aufwartung macht. Ferro ist mehrsprachig, fließend in hochalpinen Dialekten, mit Präferenz für Bergellisch. Flämisch und Französisch sind ihm bestens vertraut. Da er ein großer Freund diskreter Dialoge und ein erfahrener Liebhaber ist, werde ich mit

ihm klären, ob Schlauch und Gießkanne die geeigneten Requisiten für schwer zu vollziehende Trennungen sind. Nach der Konsultation, die in den nächsten Tagen stattfindet, werde ich auf die heikle Frage zurückkommen. Heute sitze ich trotz lachender Sonne im ovalen Salon. Vor Jahren soll ein Herr namens Elias Canetti hier erschienen sein, um einige Tage im Hotel zu verbringen. Aussehen, Geburtstag und Geburtsort deuteten auf den großen Canetti. Der Mann trug sich in die Gästeliste mit Wohnort Paris und der Berufsbezeichnung »Industriel« ein. Die Sache klärte sich, als Elias Canetti bekanntgab, er habe einen gleichnamigen Cousin, der Schriftsteller sei und ihn hier besuchen werde. Cousin-industriel und cousin-écrivain tafelten zwei Tage später gemeinsam im Hotel. Die Geschichte, die mir die Direktion des Hauses vor längerer Zeit mit diskretem Vergnügen erzählte, fiel mir wieder ein, als heute während des Frühstücks eine Tante Camilla an meinem Tisch vorbeiging. Sie hatte in Abweichung anderer Camillas eine große Narbe in der linken Gesichtshälfte. Da flüsterte mir cousin-écrivain ins Ohr: »Eine Narbe im Gesicht einer Frau – und schon hat sie die Anziehung des Tieres, das die Wunde gerissen haben könnte.« Es muß ein fühlender Hund gewesen sein, der nicht mit den Zähnen Gesichtsfleisch gerissen, sondern mit der Kralle des Künstlers das Antlitz seiner allzuoft gleichgültigen Herrin so zeichnete, daß sie seine Anhänglichkeit nicht mehr los wird. Jetzt blickt ihr ein mit der Pfote um Aufmerksamkeit werbendes Wesen aus dem Gesicht, und beinah hätte ich mich bewegen lassen, mit der vernarbten Camilla ein Gespräch zu beginnen. Ich hab es vorgezogen, über Canetti nachzudenken.

Vermutlich haben Kamele ihn mehr fasziniert als Hunde. Was Canetti über Tiere empfand und schrieb, gilt aber auch für jenes Tier, das mit uns die riskantesten Beziehungen eingegangen ist. Ich habe rätselhafte Hundegedanken bei Canetti gefunden. Einmal stellt er sich ein Land vor, »in dem jede Frau eine Zeitlang als Kellnerin dient und jeder Mann als Hund«. Ohne den Stand der Kellnerinnen ungebührlich herabsetzen zu wollen: Wer hätte hier das schwerere Los? Wünscht Canetti sich als Lebensdurchgangsstufe eine so radikale Dienstbereitschaft, wie sie nur bei liebenswürdigen Kellnerinnen und klugen Hunden zu erwarten ist? Canetti ist nicht der erste, der über den dienenden Hund revolutionär nachdenkt. In einem Brief an seine Schwester Lisa schreibt Robert Walser 1903 aus Zürich: »Wollen wir uns beide zu einer Herrschaft begeben, für unser ganzes Leben, Du als Hausmädchen, ich als Hund?«

Canetti hatte eine Obsession: den Tod. »Verwirrende Vorstellung: daß die Unsterblichkeit an einem Haustier gelingt, an einem Hund zum Beispiel.« In seinem lebenslangen Kampf gegen die skandalöse Tatsache des Todes denkt Canetti sich Wesen aus, die davon ausgenommen wären. Im Verhalten des Hundes vermutet er Listen zur Abwehr des Todes. »Jahre meines Lebens gäbe ich dafür, für kurze Zeit ein Tier zu sein.« Meine Vermutung: Es war die Furchtlosigkeit im Tierblick vor dem, was morgen und übermorgen sein könnte, die ihn bestach.

Die Türe zum ovalen Salon öffnet sich. Wer spaziert herein? Ein Dalmatiner auf der Suche nach geeigneter Morgengesellschaft. Da ich allein im Raum bin, steuert er – nein, es ist eine Sie – wedelnd auf mich zu. Erst jetzt sehe ich, wie schön die Dame zurechtgemacht ist. Ihr rechtes Auge ist umkreist von tiefschwarzem Lidschatten. Um die Lefzen ein Rand von hellem Morgenrouge. Mit geneigtem Kopf kommt sie mir jetzt entgegen, überrascht schnuppert sie an meiner Hand.
Nimm es mir nicht übel, wenn ich Dich und Canetti sofort verlasse. Im Grand-Hotel widmet man sich freundlich der feinen Gesellschaft, die einem auf Schritt und Tritt entgegenkommt.

Lieber Iso,

ich sitze unter Pinien, Du unter Arven, mein ovaler Salon ist ein weißer Plastiktisch auf einer Terrasse, mein Sessel ist nicht mit taubenblauem Plüsch bezogen, sondern ein blau-weiß gestreifter Liegestuhl. Durch eine Thymianhecke hindurch sehe ich die Nachbarskinder über Wäschekörbe und rostige Fahrradständer springen. Die adretten Damen Deines Hotels, die ihren Hund über die Teppiche tragen und beim Concierge vorsprechen, damit er mit ihnen ein wenig scherzt, wahrscheinlich die gleichen Scherze, die den Damen seit zwanzig Jahren soviel Vergnügen machen, tragen hier wallende Röcke, um die ein schwarzer und ein gelber Labrador streichen. Seit Giscard d'Estaing gilt diese Rasse, wie Du Dir vorstellen kannst, als comme il faut. Die Großmutter der Kinder malt, vielleicht ist sie eine Künstlerin. Gestern stellte sie einen Strauß Sonnenblumen als Motiv auf den Tisch.
Vor ein paar Jahren trieb hier noch ein Mädchen jeden Sommer ihre Schafe durch den Pinienhain, kein junger Baum konnte überleben. Dann kam, Märchen sind wie das Leben, Monsieur Bossard, ein Plätzchenbäcker, der seine Fabrik den Amerikanern verkauft hatte, erwarb den letzten Zipfel dieser Insel, die Ile de Ré heißt, und bevor die geschwungene drei Kilometer lange Brücke gebaut wurde, auch wirklich eine Insel war. Monsieur Bossard erschloß das Terrain, ließ Wege anlegen und verkaufte

Parzelle um Parzelle an Städter, vorzugsweise aus Paris. Sie bauten schöne Häuser mit Mauern und geschwungenen Ziegeln, pflanzten Malven und kommen jeden Sommer mit ihren Großfamilien und Hunden.

Die Frauen sehen sich sehr ähnlich. Sie sind feengleich, nur Goldketten und Armbänder geben ihnen Gewicht. Sie schweben, gefolgt von mindestens vier Kindern, die sie in vier aufeinanderfolgenden Jahren geboren haben, über die spitzen Steine des Strandes. Ihre Männer reisen am Freitag an, blaß, nervös, rascheln mit der Zeitung, sind morgens schon um 8 Uhr mit dem Fahrrad in den kleinen Ort Les Portes unterwegs und kaufen Baguettes und die dünnere Ausgabe, Fiselles. Es kommt auch vor, daß Männer ohne Frauen in ihrem Ferienhaus sind. So einen sah ich heute morgen. Er hatte einen kleinen Karren an sein Fahrrad gehängt, in dem folgende Einkäufe lagen: vier Flaschen Wodka, drei Kartons Eier, vakuumverpackter Speck und fünf große Dosen Hundefleisch. Das klingt, als hätte ich es aus einem amerikanischen Roman geklaut, der Mann sah aber exakt aus, wie ein Absolvent der ENA und nicht wie ein Farmer aus Midwest oder ein Held aus einem Roman meines verehrten Walker Percy.

Natürlich sind Hunde ein Abklatsch der Klasse, die sich mit ihnen schmückt, und irgend jemand kann mir bestimmt sagen, ob sich Max Weber neben der Religion und dem Geld auch mit den Hunden beschäftigt hat; aber damals war das wohl noch kein Statussymbol, weil die Schichten schon an und für sich ordentlicher und übersichtlicher voneinander geschieden waren. Hier auf der Ile de Ré trennt der scharfe Schnitt Labrador und Pudel, wer einen Schäferhund hat, sieht eben aus, wie die Menschen überall aussehen, die Schäferhunde haben. Niemand verbietet das Leben der Hunde am Strand. Schäferhunde und Labradors schwimmen gerne und gut, Pudel auch. Nelke ist reserviert. Ich weiß nicht, welchem gesellschaftlichen Milieu sie zugerechnet wird. Ich glaube, sie gehört zur Klasse der kleinen Verbrecher. Sie stiehlt leidenschaftlich, als Irish Terrier weiß sie, was Leben, Beten, Kämpfen, Whiskey und Armut heißen. Stehlen ist für sie der größte Spaß, zu Hause in Irland wäre es die einzige Möglichkeit zum Überleben. Nelke stiehlt anderen Hunden Stöcke, Bälle, Knochen, ja, ganze Mahlzeiten. Ihre Taktik ist raffiniert. Ein kleines, als Geplänkel getarntes Ablenkungsmanöver, auf das der andere Hund mit dieser oder jener Laune eingeht, und schwupp macht sie Kasse und schlendert mit der Beute, niemals zu schnell auf den ersten Metern, lachend davon. Daß Hunde lachen können, weißt Du vielleicht noch nicht. Taps konnte das auch. Fachleute sagen, dieser lachende Ausdruck sei eine Art Beutemaske. Soll'n sie sagen, was sie wollen, ich glaube, Nelke lacht, wenn sie was gestohlen hat. Die Ohren hängen dann auf alle Fälle da, wo sie nur hängen, wenn sie glücklich ist.

Am Strand klaut sie die Bälle während des Spiels und vergräbt sie im Sand am Saum des Wassers. Nicht sehr angenehm für mich, mit ihr am Strand entlangzulaufen. Bei Jean-Louis und seinen Freunden hat sie sich so beliebt gemacht, daß sie jeden Mittag beim Fußballspiel im Mittelfeld mitmachen darf und ihren Platz grandios mit Kopfball, Dribbeln und Anstoß ausfüllt. Für heute 15 Uhr hat sich ein Kamerateam angesagt, um mit Nelke als Star einen Film über das »Vergnügen, ein Hund zu sein« zu drehen. Hoffentlich ist sie fit, denn das viele Salzwasser gestern ist ihr nicht bekommen. Man will mir, wenn Nelke spielt, wie in den letzten Tagen, 1400 Franc zahlen. Ich sollte ihr ein Halsband kaufen, haben die vom Pariser Team gesagt, typisch.

Natürlich fragen mich die Leute, wie man auf eine so absurde Idee kommen kann, einen Hund »Nelke« zu nennen. Was soll ich da sagen. Soll ich sagen, daß mir das Bild vom Hl. Georg des Zürcher »Nelkenmeisters« so gut gefallen hat, daß ich sie ihm zu Ehren so nannte? Soll ich sagen, sie hat die Farbe von getrockneten Nelken? Soll ich antworten, sie riecht wie eine Nelke? Ich sage nichts, sie heißt so, und ich glaube, manchmal fühlt sie sich auch so. Getrocknete Nelken, in eine frische Zitrone gesteckt, vertreiben Ungeziefer.

Ich weiß nicht, ob es ein glücklicher Ausflug in Canettis aufgeräumte Wildnis war, zu dem ich Dich angestiftet habe. Schön und verlockend ist die Vorstellung von der Metamorphose des Mannes in einen Hund schon. Stell Dir vor, ich serviere im Gasthof »Schweizerhaus« abends Graupensuppe und Salziz. Du sitzt auf der Kokosmatte an der Tür und bist ein gescheckter »Appenzeller«, weißt Du, die mit den treuen Augen und langen schlappigen Ohren. Du paßt genau auf, daß keiner der Gäste an meiner gestärkten weißen Schleife zieht oder sonst etwas tut, was Gäste, wenn sie ihren halben Liter Fendant und noch ein paar Obstler getrunken haben, tun wollen. Mir macht es übrigens nichts aus, eine Zeitlang die Kellnerin zu spielen, tue ich doch ohnehin im zivilen Leben, aber ob ihr Männer gern »bei Fuß« gehen oder »Sitz und bleib« machen oder vorm Schlafzimmer warten würdet, bis es wieder Morgen oder auch noch später ist, ich stelle mir das teuflisch und als reine Versuchung vor. Es gibt aber auch die Spezies der Schoßhündchen, vielleicht träumt sich mancher Mann in das mollige Dasein mit Straßkettchen, Regen- und Kältedeckchen. Der Dalmatiner mit Estée Lauder eye brush im ovalen Salon Deines Silser Hotels war die Inkarnation Karl Lagerfelds. Er könnte ein Gutes tun und den Sohn des Hotelbesitzers neu einkleiden. Deine »Mephistos« sind übrigens auch nicht so ganz die richtige Sohle für einen arbiter elegantiarum. Aber Du bist ein Graubündner und der Sohn des Hotelbesitzers auch. Für Euch gelten andere Regeln, ich weiß, ich weiß.

Du wirst aus Pila wieder neue Bergweisheiten mitgebracht haben. Weisheiten aus dem Mund des Metzgers Giovanoli, der dunkel aussieht wie der hohe Berg bei Nacht. Ich meine den Giovanoli, der, wenn man Dir glauben darf, beim Zerlegen des Rinderschenkels einschläft und mit einem Dante-Zitat auf den Lippen mit der Morgenröte wieder aufwacht. Er und die elegante, schlanke und helle Frau aus der Brüsseler Innenstadt, mit der er sich vor Jahren verbunden hat, sind Dein Rück-

halt, nicht nur in Hundefragen, das ahne ich. Wer hat schon solch außergewöhnliche Freunde, und Pila ist durch Dich ein literarischer und somit magisch irrealer Ort geworden.
Der Bergamasker erscheint vor meinen Augen als Pluto, der die Überfahrt über den Maloja-Paß kontrolliert. An solch einem Paß stehen wir ja immerzu. Ich lebe hier im Haus eines Mannes, der schon mehrere Pässe und Grenzen überquert und alle Erinnerungsstücke an die durchlaufenen Stationen in seinem Garten ausgestellt hat. Den Wohnwagen, mit dem er zum ersten Mal auf die Insel kam, seinen alten Toyota, zugedeckt mit einer japanischen Flagge, die Zelte, das Boot, die Bojen und Anker. Sein Hund heißt »Didi«, ist beinah zahnlos, laut, giftig und heißgeliebt. Canetti meinte es gut mit sich und mit Euch Männern allgemein, sei nicht säumig und denke an den Kokosläufer im »Schweizerhaus«.

Liebe Verena,

ich mußte die Besprechung mit Ferro verschieben, da er in dringlichen Angelegenheiten unterwegs war. Neben den Pflichten, die Ferro zu Hause erledigen kann – sich anständig ernähren (schließlich ist er der Hund eines Metzgers) und schlafend die Aufträge entgegennehmen, die Hermes der Götterbote ihm im Traum übermittelt –, hat er Aufgaben, die er nur auswärts erfüllt: die des Liebhabers und die des Postautofahrers. Erklärungsbedürftig ist die zweite. Da Ferro beide sehr gewissenhaft wahrnimmt, muß man damit rechnen, daß er in hoher Mission unterwegs ist, wenn man ihn in Pila sucht.
Bei meinem zweiten Besuch hat es geklappt. Ferro kam mir entgegen, ohne zu bellen, denn er ist groß im Hören und Verstehen, und er ist kleinlaut in seinen Mitteilungen. Wir setzten uns auf die Steintreppe. Als ich ihn fragte, wo er gestern gewesen sei, legte er seinen Kopf auf meinen rechten Oberschenkel. Das tut er immer, wenn jemand von ihm Rechtfertigungen will für seine spontanen Entscheidungen. In unserem längeren Tête-à-jambe habe ich alles erfahren.
Wenn Ferro Pila verläßt – er ist ein Künstler im Erspüren des Augenblicks, da ihn niemand beobachtet und zurückruft –, kommt er nach gut hundert Metern an einen Scheideweg. Nach rechts geht's ins Dorf, nach links am großen Hotel vorbei zum See und zum Campingplatz.

Findet Ferro, es sei ein günstiger Tag für Postautofahrten, geht er nach rechts. Wenn ihn die Freuden der Liebe locken, wählt er den linken Weg.
Gestern schien ihn die Weite zu locken. Er ging also nach rechts, brav auf dem Trottoir die Dorfstraße entlang bis zur Post. Auf dem Postplatz von Maloja halten im Lauf eines Tages viele gelbe Postautos. Manchmal lassen die Fahrer, bevor sie ins Bergell oder Richtung St. Moritz fahren, die Vordertüre des Busses für einige Augenblicke offen, während sie bei ihrem Kollegen im Büro die Expreßpost abholen. Das ist Ferros Chance. Er schleicht in den Bus, läuft zwischen den Passagieren nach hinten und versteckt sich unter einer Sitzreihe, wo ihn keine Füße stören. Was macht Ferro aber, wenn der Chauffeur einmal in Maloja nicht aussteigt? An der Seite des Postgebäudes wartet er den Augenblick ab, da der Busfahrer die Mitteltüre öffnet, um Fahrgäste aussteigen zu lassen. So schafft es Ferro, wenn der Fahrer abgelenkt ist und nicht justament in den Rückspiegel blickt, bis zur Endhaltestelle des Busses als blinder Passagier mitzufahren.
Gestern war ihm das Fahrglück außergewöhnlich hold. Ferro ist unentdeckt bis nach Samedan gekommen. Der junge Busfahrer, unvertraut mit seinem vierbeinigen Gast, wollte zuerst einen der Fahrgäste der heimlichen Vorteilserschleichung beschuldigen. Der erstaunte Herr beteuerte, mit dem mitfahrenden grauschwarzen Köter nicht das Geringste zu tun zu haben. Der Fahrer wußte nichts Besseres, als Ferro an einer Schnur zum einheimischen Polizeiposten zu bringen, wo über sein weiteres

Schicksal zu entscheiden sei. Da Polizisten in diesen Gegenden mit Lawinenhunden umzugehen wissen, erging es Ferro nicht schlecht. Die Frau Polizistin lief sogar zum Konsum, um für den im Büro festgebundenen Ausbrecher eine Cervelatwurst zu kaufen – nicht ahnend, daß sie es mit einem Hund zu tun hatte, der im Fleischgenuß ein Feinschmecker ist. Nur aus Dankbarkeit und gegen gewaltige innere Widerstände hat Ferro zwei Scheiben der dargebotenen Gefängnismahlzeit heruntergewürgt. Inzwischen hatte der Polizist das Halsband untersucht und bereits in Pila angerufen. Die Rückfahrt gefiel Ferro nicht ganz so gut, obwohl er auch Jeepfahrten nicht verachtet. So schön freilich wie in einem klimatisierten Bus der schweizerischen PTT ist für Ferro keine Fahrt auf der Welt. Als Strafe gab es in Pila für den Ausreißer kein Abendessen. Ferro, der sich mit der Konsumwurst den Magen verdorben hatte, empfand die Strafe für seine Eskapade als gerecht.

Nun hat mir Ferro begreiflich gemacht, daß er seine Busfahrten nur unternimmt, um seine Landeskenntnisse zu erweitern und damit ein gescheiter und vielleicht sogar berühmter Hund zu werden. Er gab zu verstehen, daß er zwei große Vorbilder habe. Einmal den vielbewunderten amerikanischen Kollegen Misha, jenen Husky, der durch ganz Cambridge samt Vororte seine Spaziergänge machte, ohne je die Orientierung zu verlieren, der allen Hürden und Gefahren auswich, Verkehrsknotenpunkte wie Harvard Square und Brattle Street intelligent meisterte, unerreicht blieb in der hellen Überprüfung von Risiken, von

Distanzen, von alternativen Rückwegen. Was dieser Misha, dessen Ausflüge sich über neun Monate lang auf der Bestsellerliste der New York Times hielten, für Massachusetts, ja für die ganze amerikanische Nation bedeutet, das will Ferro, bescheiden, aber willensstark, durch landeskundliche Hochleistungen für das Oberengadin und das Bergell werden. Selbst wenn er ahnt, daß die provinzlerische Bündner Zeitung in ihrer Gratulationskolumne allenfalls den tierfreundlichen Postautofahrer und die warmherzige Polizistenfrau erwähnen wird.

Ferros zweites Vorbild, beinah größer noch, obwohl er viele Hundegenerationen zuvor lebte, ist jener Schnauzer aus dem Berner Oberland namens Argos. Zurückgelassen im Hochgebirge unterhalb einer Kletterwand, fand er den Weg nach Hause »vom Eismeer bei Grindelwald längs der Eigerwand zur Kleinen Scheidegg, von dort über die Wengernalp nach Lauterbrunnen, dann die Straße hinab über Unspunnen an den Thunersee, weiter längs dem See die vielen Stunden bis Thun und von dort noch gute fünf Stunden nach Bern«. Dort begrüßte ihn neben seinem glücklichen Besitzer der große Meister im Reich der Töne, ein lieber Freund aus Wien namens Johannes Brahms. Eine unglaubliche topographische Intelligenz, dieser Berner Schnauzer Argos, die Ferro heute durch regelmäßige Postautofahrten erreichen möchte.

Liebe Verena, es handelt sich hier um Pionierleistungen der Landschaftserkundung, an welche Deine Nelke irgendwann Maß nehmen muß, wenn sie die Territorien zwischen Bonames und Frankfurt sicher durchstreifen will. Auffallend ist, daß es nur männliche Hunde sind, die sich in der räumlichen Orientierung durch Ehrgeiz und Leistung hervortun. Es entspricht offenbar mehr der weiblichen Hundeseele, im Falle von Orientierungsschwächen vor jedem passend scheinenden fremden Hauseingang sich hinzulegen, um in Ruhe abzuwarten, bis jemand kommt, der am Halsband nach der Heimadresse der fremden Besucherin sucht. Es ist das Privileg der Besitzer weiblicher Hunde, an den unglaublichsten Orten ihre auf Abwege geratenen Hundedamen wieder abholen zu dürfen.

Doch zurück zu Ferro. Meistens geht er am Scheideweg nicht nach rechts, sondern dem Ruf des Herzens folgend, nach links. Von all den Abenteuern, die ihn linkswegig erwarten, findet er aufgrund hinreichender Praxis ganz allein nach Pila zurück, selbst wenn es in tiefer Nacht ist. Natürlich habe ich Ferro die Frage nach der Zweckmäßigkeit von Schlauch und Gießkanne für hitzige Augenblikke gestellt. Ferro erwies sich als philosophisch argumentierender Hund. Allerdings nicht der stoischen Art. Er erinnerte zuerst daran, daß ein großer französischer Denker im Blick des Anderen die eigentliche Hölle erkannt habe. Keine Scham würden Menschen kennen, die mit geilen Augen in Liebe vereinigte Hunde begafften, um ihr verweilendes Verbundensein zu stören. Hunde seien nun einmal nicht so wie das Federvieh und die Menschen, die sich vornehmlich mit eilfertigen Sprüngen und Quickies zufriedengäben. Statt nach Gießkanne und Schlauch zu laufen, sollten Menschen diskret darüber

nachsinnen, wie sie es selbst in ihren Annäherungen zu längerfristiger Innigkeit brächten, anstatt in puritanischer Barbarei das trennen zu wollen, was der Liebesgott für eine Weile fest verbunden habe. Ferro geriet bei diesem Thema so in Fahrt, daß er wüste Beschimpfungen gegen die Monogamie anhängte, die er als Bequemlichkeit und Faulheit von Menschen, Graugänsen und Papageien bezeichnete. Dem Hundecharakter widerspreche dieser partnerschaftliche Minimalismus völlig. Es sei scheinheiliger masochistischer Selbstbetrug. Liebesstunden nach Menschenart nannte Ferro »monotone Husch-Husch-Sättigungen inferiorer Geschöpfe«. Für ein aufgeschlossenes, entdeckerisches Wesen sei die Wiederkehr des Immergleichen im Liebesleben ein Graus und erzwungene Interruptionen ein Verbrechen. »O ihr scheinheiligen Heuchler und Schwächlinge, die ihr die Hitze und die Nähe und die Verwandlungen nicht ertragt! Neidet wenigstens jenen nicht die Lust, die vor ihr nicht zurückschrecken!« sagte Ferro, in den Ton des Propheten von Sils-Maria fallend. Denn Lust wolle vielleicht nicht immer tiefe, tiefe Ewigkeit, aber doch sicherlich ungetrübte, ungestörte Zeit!
Soviel zu Schlauch und Gießkanne. Übrigens lautet Ferros Devise: Liebend reisen und reisend lieben. Seiner Ansicht nach ist diese Lebensmaxime für monogam verkümmerte Wesen ein erster Schritt.
Wann reist Du ins Oberengadin?

Lieber Iso,

Nelke ist untreu. Gestern saß sie für unbestimmte Zeit bei einer Fremden, ließ sich am Kinn kraulen und auf die schwarze, feuchte Nase küssen. Wäre sie mit der Fremden im einteiligen schwarzen Badeanzug mitgegangen? Ich will es nicht wissen. Was ich aber gerne wissen möchte ist, was Hunde sehen. Die ganze Welt schwarzweiß, sagen Spezialisten. Gut, kennt man vom Kino und der Fotografie, kann man sich vorstellen, ist gar nicht ohne Reiz. Aber der Rest? Wenn wir nur sehen und erkennen, wovon wir wissen, wofür wir einen Namen haben, was bedeutet Kennen und Wissen auf den Hund übertragen? Vielleicht Riechen, Hören und Kombinieren. Damit bin ich aber nicht zufrieden.
Hat Nelke eine Ahnung davon, daß unser Meer hier ganz anders aussieht, als unser stinkiger Fluß zu Hause, sieht sie das Ding, das wir Leuchtturm nennen und das da aus dem großen Wasser mal deutlich, mal schemenhaft ragt, obwohl Nelke den Leuchtturm doch weder riechen noch hören kann, noch weiß, was das soll? Sieht sie Bäume, Blumen, wie sieht sie den Menschen, an dem sie ja keinesfalls so schamlos proberiecht wie an den anderen Hunden.
Das Proberiechen ist das oberste und unwiderstehlichste Ritual. Heute habe ich Nelke bei einer prekären Frauenbekanntschaft zugesehn. Die andere Hündin, zwei Kopf

größer als Nelke, natürlich ein Labrador, rempelte mit dem Po, Nelke erwiderte und hielt heftig dagegen. Dann nahm die Labradorhündin Nelke hoch. Sie schob ihren ganzen breiten Schädel unter Nelkes Vorderläufen durch und versuchte, sie so aus dem Gleichgewicht in die Schieflage und zum Liegen, also zum Verlieren zu bringen. Strategien des Ringkampfes. Kleine Hunde ignoriert Nelke, kein Gegenüber für ihren Mut.

Schönheit oder Ästhetik sind Begriffe von Philosophen, die sich durch Unterscheidungen aus dem Mittelfeld des Allgemeinen absetzen wollten und mit Hilfe dieser gedanklichen Erhebungen unsterblich wurden. Hunde legen keinen Wert auf den Nachruhm, obwohl sie vom Tod viel wissen und von Bedrohung.

Als Taps, der Airedale, Nachfolger von Bonny, Larry, Toby und Timmy, noch ein sehr kleiner Hund war, rettete er nicht nur meinen Vater, der im Badezimmer ohnmächtig geworden war, durch kräftiges und hartnäckiges Lekken am Hinterkopf, Taps verkroch sich auch, als er zu viele Kieselsteine verschluckt hatte, in den hintersten Teil des Gartens, verborgen und vor den Menschen geschützt durch eine Brombeerhecke. Er wollte in Ruhe gelassen werden und sterben. Wir haben es Taps genausowenig erlaubt wie Taps das Wegdriften meines Vaters in die Ohnmacht. Ein paar Wochen später kam mein Vater ins Krankenhaus und nie wieder nach Hause zurück. Der einjährige Hund strafte und quälte meine ohnehin sehr unglückliche Mutter mit anhaltender Nichtachtung. Er hat offenbar die Schuld am Wegbleiben meines Vaters,

seines Herrn, ihr allein zugeschrieben. Der Bruch war nicht zu heilen. Ich mußte Taps, obwohl ich damals gar keinen Hund haben wollte, zu mir nehmen. Er lief jeden Tag von seinem Zuhause fort und saß vor meiner Tür. Was sollte ich da anderes tun?
Er war dreizehn, Du weißt, daß ich ihn im vergangenen Frühsommer im Mantel meines Vaters beerdigte. Meine Freundin Hedi brachte Taps die Henkersmahlzeit vom Bäcker Weiß. Es war ein sehr guter Kirschnußkuchen. Taps aß ihn mit großem Genuß.
Die Philosophie des Hundes ist, sagt man leichthin, von Instinkten geprägt, Instinkten, die degenerierten Hunden abhanden kommen, wie degenerierten Menschen, die in jedem Fall sehr viel weniger Instinkte haben, aber wir reden im Zeitalter der Massenpsychologisierung nicht gerne darüber, man fällt in den Darwinsumpf, wenn man so was sagt. Sterben bedeutet für Hunde Abkehr vom Leben, und Ästhetik setzen Hunde vermutlich gleich mit Geruch. Das »Parfüm« des Anderen ist entscheidend. So glaube ich es. Die Angst der Menschen vor den Hunden muß aggressiv stinken und die Tiere zur Gegenwehr reizen. Nelke suchte sich also nicht das neue Frauchen mit besserer Figur und jugendlicherem Teint, sondern das Frauchen mit gutem, oder sagen wir es schonend, neuem und anderem Geruch. Die Chemie muß stimmen, heißt es, wenn Anziehung erklärt werden soll. Für die Beziehung Hund und Mensch trifft das auch zu, und es ist ein Lump, wer mir jetzt mit der Liebe kommt, die durch den Magen geht, nein, so simpel ist das nicht.

Deiner amüsanten Beschreibung vom alpinen Busfahrer Ferro könnte ich ein Fahrtenbuch anhängen, das zwar nicht die Strecke der Gelehrten und angehenden Nobelpreisträger zwischen Harvard Square und Brattle Street verzeichnet, aber sich immerhin in den Jahren des »Zauberbergs« in Davos zutrug, wo meine Großmutter gesund werden sollte. Ihr Hund kam während ihrer Ruhephase auf den Liegestühlen und unter den Decken des »Waldsanatoriums« mit der gelben PTT bis runter nach Landquart. Für einen schwarzen Scotch Terrier Schlapper auch ganz gut.
Was mir aber nicht gefällt, wenn ich auch zugebe, es ist erstaunlich, daß es Dir als Mann überhaupt auffällt, ist, daß all diese topographischen Heldentaten männlichen Hunden zugeschrieben werden. Das liegt gewiß nicht am »Geschlecht«, sondern an der Perspektive des Erzählers, der von seinen eigenen topographischen und sonstigen unbestreitbar großen Fähigkeiten überzeugt ist und sie deshalb auch auf den Hund überträgt. So einfach ist das, und so entstehen die Legenden, die von dem wirklichen Leben sehr weit entfernt sind. Die Kleine Scheidegg, Wengeralp und Lauterbrunnen kenne ich auch. Taps und ich waren vor ein paar Jahren der Eiger Nordwand verfallen. Wir saßen nebeneinander auf einer Holzbank und blickten in eine Schneewehe – ich mit Hilfe des Fernglases –, in der ein paar Bergsteiger rumstiegen und, von unten aus betrachtet, über Stunden kaum von der Stelle kamen. Taps und ich gingen dann abends in Wengen in einen Bergfilm, soweit ich mich erinnern kann, sein ein-

ziger Kinobesuch überhaupt, er interessierte ihn sehr und verfolgte ihn bis in seine Träume. Dennoch ist Dein Vergleich und Anspruch unfair. Es ist für einen Hund einfacher, durch diese Bergnatur zu finden, als für Nelke, lebend den Autoreifen zwischen Bonames und Frankfurt zu entkommen. Der Wunsch wird keinesfalls weitererzählt. Nelke hat nach einem sehr ausgedehnten Strandspaziergang mindestens 200 Meter entfernt Kurs auf den Platz genommen, auf dem meine Badetasche und meine Tücher lagen. Du lachst jetzt. Lache ruhig!

Aber die Vorurteile leben weiter, sie haben Saison, auch und gerade im konventionsbewußten Land der Simone de Beauvoir. Samstags erscheint »Le Figaro« mit drei Magazinen: Fernsehen, »Madame« und »Magazine«. Im Heft für »Madame« sind nur Frauen abgebildet, vornehmlich bei ihrer Schönheitsvorsorge. Das Heft »Magazine« ist mit Bildern von kernigen Männern gefüllt, Männern, die den Wellen trotzen, Jeep fahren, Golf spielen, den Terrorismus bekämpfen und hinter polierten und aufgeräumten Schreibtischen in der Gebärde des Mächtigen sitzen. Die Geschlechter interessieren sich also nur für sich selbst und verlangen nach keinem anderen Bild als nach ihrem eigenen.

Weißt Du, daß der Seher Teiresias sieben Jahre als Frau gelebt hat und aus der Kenntnis dieses wesentlichen Unterschieds nicht behaupten mußte, sondern wußte, daß Frauen neunmal soviel bei der Liebe empfinden als Männer? Obwohl ich Deine Ausführungen über das Glück der (Hunde-) Vielweiberei ignorieren wollte, macht es mir jetzt großen Spaß, Teiresias aufzuführen, um Dir klarzumachen, daß es auf die Fähigkeit des Empfindens ankommt, nicht auf den fliegenden Wechsel und die trabenden Sprüche Deines Propheten aus Sils Maria, der nur Nietzsche heißen kann, obwohl das Zitat nach einem Ovid-Diebstahl klingt.

Aus verschiedenen Gründen ist es nicht so einfach wie Du denkst, die Liebestechniken der Hunde mit denen der Menschen zu vergleichen. Gerade kommt W. aus der Küche und legt mir ein rohes, mit weißem Zwirn umwickeltes Perlhuhn wie eine Liebesgabe auf den Teetisch. Hundebegattung geschieht im Sinne des Papstes. Hunde empfangen den Herrn nur, wenn sie empfängnisbereit sind. In den Hohlzeiten sind sie abstinent und genießen ihr Leben auf andere Weise. Die Lust ist an Ebbe und Flut gebunden. Die Hündin hat viel Ruhe. Ferro kann zwar angeberisch hechelnd und stolz vom Dorf und vom Campingplatz in Maloja zurückkommen, aber an diese biologischen Gezeiten ist auch dieser von Dir beneidete »Weiberheld« gebunden, glaub es mir und mystifiziere nicht. Dein Bergamasker mag ein Casanova sein, er muß aber auf die schöne Zeit warten. Sie ist nur zweimal im Jahr. Bei ausgeprägtem Hang zur Polygamie und bei anhaltender Suche mag sich das auf fünf Monate im Jahr dehnen lassen. Also kein Grund für Dich, ein Hund zu werden! Unsere beiden letzten Briefe haben sich überkreuzt, Post von der Ile de Ré dauert dreimal so lange wie Post hierher. Vielleicht leert man nur einmal in der Woche den Kasten. Die Geschichte mit der Gießkanne,

die Dich so gefangenhält, trug sich in den prüden Vor-68ern zu, habe so was aber schon oft gehört, mag mit Größenunterschieden zusammenhängen.
Was ich neulich über den Namen »Nelke« und das Erstaunen über den einmaligen Hundenamen darüber schrieb, wurde widerlegt. Im gerade erschienenen Erzählungsband »Die Farbe der Zeit« der großen argentinischen Schriftstellerin Silvana Ocampo träumt ein elfjähriges Mädchen, das die Fähigkeit zum Wahrsagen hat, eines Nachts von einem Hund, der ein ledernes Halsband mit Nieten trägt und auf dem mit goldenen Buchstaben der Name »Clavel«, »Clavel, Nelke« steht. Das Mädchen gab dem Hund einen Kuß, allerdings nicht auf die Schnauze, weil ihre Mutter ihr das verboten hatte, und bereitete ihm ein Bettchen mit einem Kissen und einer Decke. Als die Mutter das Kind fragt, wer ihm diesen Hund geschenkt hat, antwortet das Kind: »Nein, Mama. Den hat mir niemand geschenkt.« »Und wie heißt er?« »Clavel. Er gehört mir, und ich werde ihn nie vergessen.« Silvana Ocampo ist im Dezember 1993 im Alter von neunzig Jahren in Buenos Aires gestorben, ich kann sie nicht mehr fragen, wie sie auf so eine verrückte Idee gekommen ist, einem kleinen Mädchen einen Hund im Traum erscheinen zu lassen, der »Nelke« heißt. Ist man wirklich nie allein mit seinen eigenen Ideen, ach,

Deine Verena

Liebe Verena,

Dein Inselbrief, in dem Du tollkühne Ansichten über Fähigkeiten und Bedürfnisse von Hunden entfaltest, hat mich noch in den Alpen erreicht, eine halbe Stunde bevor ich ins Auto stieg, um talwärts zu fahren. Auf der ganzen Strecke mußte ich nachdenken über Nachruhm und Leuchtturm, über Teiresias und den Papst. Als ich durchs Domleschg kam und im Mittagslicht hoch über dem Felsen Schloß Rietberg sah, wußte ich, was ich Dir antworten muß. Laß Dich beglückwünschen zu Deiner untreuen Nelke!

In den letzten Februartagen des Jahres 1621, die Nächte waren eisig und die Morgensonne kraftlos, versammelte sich eine Rotte wildgewordener Prädikanten und Offiziere namens Blasius, Guler, Casutt, Ruinell, Rosenroll und Jenatsch in Grüsch im Prättigau, um blutige Rache zu planen gegen die Herren, die ihr Vaterland, das Land der Drei Bünde, an die Papisten verrieten. Zu den übelsten unter den Katholischen, das heißt den Spanien- und Habsburg-Freundlichen, zählten sie den Pompejus Planta, den Herrn auf Rietberg, der mit seiner Tochter Katharina, einer alten Wirtschafterin und einem Stallknecht im Schloß lebte. Die feurigen Calvinisten, denen ein friedfertiger Lutheranerglaube zu fad war, brachen mit Axt und Dolch, mit Schwert und Pistolett Richtung Chur auf und verbrachten die Nacht bei Ems im Wirtshaus »Am

Vogelsang«, wo sie in ihrem Rachedurst über Gebühr gefressen und gesoffen haben. Am Morgen des 25. Februar zogen sie noch in der Dämmerung los, um Rietberg zu überfallen. Den Stallknecht, der den Lärm hörte und die unsauberen Gesellen im Hof zurückhalten wollte, schlugen sie nieder. Pompejus erwachte und erkannte die Lage. Er wußte, daß mit den Jüngern Calvins nicht zu spaßen sei. So kroch er aus dem Bett und versteckte sich – gemäß einer der zahlreichen Darstellungen dieser Geschehnisse – im Nachthemd im großen Rauchfang des Kamins, um seinen Mördern zu entgehen. Die unsanft geweckte Katharina und die sich schwerhörig stellende Wirtschafterin begriffen, daß man dem Schloßherrn übel wollte. Sie behaupteten, er sei von einer Reise noch nicht zurück. Die Männer durchsuchten erfolglos die vielen Zimmer im Schloß und wollten fluchend wieder abziehen. Da erblickte einer von ihnen auf einmal einen kleinen Hund im Saal, der die Männer nicht zu bemerken schien und leicht winselnd, mit schiefem Kopf und eifrigem Wedeln in den Rauchfang hinaufschaute und so seinen Herrn in rührender Treue und Anhänglichkeit den Mördern verriet. Vor den Augen der Tochter sollen die Rohlinge den Pompejus mit der Axt erschlagen haben, bevor sie dem Toten das Herz aus dem Leib rissen. »Ein jeder mühte sich, seine Rache am toten Gegner zu kühlen«, heißt es über die calvinistischen Eiferer in einem späteren Bericht. Auf Schloß Rietberg ist die vielgepriesene Hundetreue dem Pompejus Planta zum Verhängnis geworden.

Sei dankbar, liebe Verena, daß Nelke ihre feuchte Nase auch anderen zum Kuß anbietet. Wenn sie Dir nicht überall hinfolgt, so doch sicherlich, um nicht das Versteck zu verraten, in welchem Du gerade ein Buch liest. Gewiß ist jener Strand, an dem Du Deine sommerlichen Vormittagsstunden unter einem weißen Sonnenschirm verbringst, voll von Papagalli und Paparazzi, die von einer Dolce vita träumen. Hast Du Dir überlegt, was dieser Hund Dir wert sein muß, der die Männer zielstrebig zu fremden Strandkörben lockt? Schon deshalb sollte man Nelke nicht vorwerfen, sie sei untreu.

Daß ein Mensch, der sich vor Hunden ängstigt, für den Hund en face fürchterlich stinken muß, hat mir sehr gefallen. Auch über die Riechfähigkeiten der Hunde kann ich Dir eine Geschichte aus Graubünden bieten. Aufgeschrieben hat sie der etwas pedantische Pfarrer und Chronist Nicolin Sererhard, der um die Mitte des 18. Jahrhunderts behauptete, gewisse Hunde könnten vorausriechen, wann es mit dem Leben ihres Herrn zu Ende gehe. Deshalb würden sie seinen Tod auch beheulen, ehe er erfolge. Weil dieser Nicolin ein aufgeklärter Mensch sein wollte, suchte er bei den Philosophen Auskunft über »der Thieren specielle Gemerksamkeit«. Was er fand, überzeugte ihn nicht. »Die Philosophen schreiben zwar solches den *effluviis* der Kranken zu, die den Hunden contrair, aber ich weiß nicht wie? Ich vermeinte, die *effluvia* anderer Leuthen sollte einem Hund contrairer vorkommen, als seines Herrn, deren er gewohnt ist. Muß hiemit etwas particulieres in des Hunds Gemerksamkeit steken.« Schließlich begnügt sich Sererhard mit der pauschalen Erklärung des Doktor Scheuchzer, des Universalgelehrten jener Zeit, wonach »thierische Phantasie« manchmal so subtil sei, »daß sie der Menschen, wie Exempla ausweisen, weit übertriffet«.

Was für eine tolle Geschichte! Mein Hund bellt, scheinbar ganz und gar grundlos, ich versuche, ihn zu beruhigen, er will sich aber nicht beruhigen. Einen Tag später finden andere heraus, daß er so ungehalten bellte, weil ich für ihn bereits tot war!

Lieber Iso,

endlich ist es mir gelungen, die Liebe aus weiblicher Hundesicht zu beobachten. Vergiß Fräulein Molly, Bonny und die Gießkanne, eine Geschichte, die ich nur durch den Zusatz mildern konnte, daß sie sich in den prüden 60ern zutrug. Nelke ist, wie Du weißt, eineinhalb Jahre alt, Kind sagen wir, und sie sieht auch so aus. Aber zweimal im Jahr kochen die spitzen Ohren, wie im Sud von Fräulein Juliens Mittsommernachtsküche gebraut. In Florenz war Nelke zum ersten Mal »läufig«, wir kannten uns mit diesem Zustand nach den vielen Jahren mit Rüden nicht aus. Unter der Schildkröte vor Santa Maria Novella lag eine von den klassisch italienischen Promenadenmischungen. Der Herr, der neben dem Hund stand und mit einem anderen Herrn heftig diskutierte, sah aus wie die Karikatur eines italienischen Automechanikers, was er, wie sich später herausstellen sollte, auch war. Dieser dackelbeinige und schäferhundschnäuzige Italiener war in Nelkes Duft so verliebt, daß er eine Stunde nach der ersten flüchtigen Begegnung unser Auto vor der Ampel, an der er wohl die ganze Zeit gewartet hatte, erkannte und zum Entzücken von Nelke daran hochzuspringen versuchte, so hoch, wie es seine Beine erlaubten.
Auf dem von Lorbeerbüschen eingefaßten Hotelparkplatz sahen wir am nächsten Morgen im Kies kreisrunde Runezeichen. Der Hund mußte die ganze Nacht wie

manisch um unser Auto gelaufen sein. Irgendwie ist das kleine Tier auf die Kühlerhaube gesprungen, seine Fuß- und Bauchabdrücke waren im Staub zu erkennen.
Jetzt ist Nelke zum zweiten Mal »heiß«, schon in der dritten Woche. Mungo ist der Border-Collie unserer Nachbarin, sein Sexualtrieb, obwohl er laut Tabelle zu der intelligentesten Hunderasse überhaupt gehört, oder vielleicht gerade deshalb, ist mittelmäßig ausgebildet. Zur Triebabfuhr genügt ihm das Bällchenspielen. Aber vorgestern und gestern hatte es ihn doch erwischt. Er hing den ganzen Tag vor der Haustüre herum, holte sich aus dem Korb in der Waschküche unsere Dreckwäsche und ein Tischtuch, verteilte, wie ein Chevalier das Strumpfband oder Amalie ihren Handschuh, die einzelnen Aromastücke auf dem Rasen und ging unermüdlich von einem Wäschestück zum anderen. Kam ich mit Nelke aus dem Haus, versteckte er sich hinter einem Busch und ließ uns vorbeigehen, zu scheu, Nelke direkt anzusehen oder anzugehen.
Gestern war Nelkes Liebhaber ein alter Pudel. Mit seinen stumpfen Augen sah er ihr nach, senkte die Nase auf den Asphalt, roch selbstvergessen, winselte und nahm Anlauf, ich pfiff den Unglücklichen zurück, er verschwand. Über die gewellten Felder und Acker flogen die Krähen, der Himmel war für einen Augenblick schwarz, Nelke machte Jagd auf Mäuse, die an beiden Seiten des Weges Schlupflöcher haben und hin- und herwetzen, wahrscheinlich ist die gesamte Strecke untertunnelt, und die kleinen Mäuse wundern sich selbst, wenn sie plötzlich

oben an der Luft sind. Zwischen den Krähen und den springenden Mäusen sah ich die fliegenden Ohren des Pudels, ich rief, er verschwand, hielt sich wie die Hasen in einer Ackerfurche versteckt und kam erst wieder zum Vorschein, als wir die große Schleife schon gezogen hatten und auf dem Rückweg waren. Weder sah der Pudel Nelke, noch Nelke ihn. Ich beobachtete, wie er uns folgte, mal galoppierend, mal trottend und wieder schneller und freudiger, je näher er uns kam. Nelke roch gerade an einem genmanipulierten Rapsstengel, als sie ihn hinter sich bemerkte, sie jaulte und wedelte, legte ihren Schwanz wie das Steuer des Paddelboots, das mir manchmal mein großer Bruder zur Fahrt auf unserem Fluß überließ, schräg zur Seite, das Tor war offen, der Pudel sah das und rannte davon. Eine Zeitlang hörte ich ihn auf der Pferdekoppel über uns, dann war er verschwunden. Nelke schaute ihm nach. Wie erklärst Du Dir das aus männlicher Sicht?

Heute war wieder schönstes Herbstwetter. Links rechteckige Strohballen zu hohen Kästen gestapelt, rechts Pyramiden aus Rotkohl und Wirsing und hinten bei der Weggabelung der goldfarbene Lenny mit seinem Frauchen, blendend schön im weißen Trainingsanzug. Der arme Hund ist kastriert, er war zu wild, seitdem ist er dick und in diesem Sommer noch einmal einer Hüftoperation bei einem Lörracher Spezialisten entkommen, einem Professor für Hundeorthopädie, stell Dir den Wahnsinn mal vor. Der kastrierte Lenny war der Sieger der »Hitze«. Er durfte hinten lecken, und Nelke strich ihm vorne um den

Bart, umzüngelte seine Lefzen, knabberte an seiner Zunge. Sie tobten vergnügt und balgten sich um eine Zuckerrübe, Nelke legte sich platt auf den Boden, nur noch ein Fetzen struppigen Fells, sie wartete stur, Lenny lief auf sie zu, machte unterwegs einen kleinen Umweg, zu direkt und plump sollte sein Werben auch nicht sein, Lenny sprang, graziös wie der pensionierte Nurejew über ihren schlanken langen Leib, die Hatz ging los. Als wir uns trennen mußten, waren die rückwärts gewandten Blicke tief. Danach schlief Nelke zwei Stunden fest und wollte noch was Kräftiges essen. Liebe macht hungrig, Menschen kennen das auch.

Nun wirst Du sagen, satte Liebe ist das ja nicht gewesen, ein kastrierter alter Hund und ein junges, feuriges rothaariges Weibchen, kein Steckenbleiben, keine Gießkanne. Aber Eros war da, ich habe es gesehen. Eros ist Liebe als Spiel. Aber ich bin sicher, Du wirst mich mit Zitaten von Ovid oder Dante von meinem Irrtum befreien, einem Irrtum, auf den ich, unterstützt durch Spaziergänge im Herbst, vorerst nichts kommen lasse. Die Möglichkeit zum Sex kommt für Nelke erst wieder, wenn es Frühling ist. Die schöne Corina sagte neulich seufzend und lachend zu mir: »Wenn das bei Menschen doch auch nur so wäre«.

Liebe Verena,

die Schicklichkeit empfiehlt, als Mann Dir in der Sicht der Liebe nicht zu widersprechen, zumal Du in der schönen Corina eine zweite Verteidigerin des saisonal beschränkten, halbjährlich praktizierten Liebeslebens gefunden hast. Weil Du Dich jedoch explizit nach der männlichen Beurteilung erkundigst, um den Fall eines Liebhabers zu klären, der im entscheidenden Augenblick Reißaus nimmt, anstatt kühn und draufgängerisch zu profitieren, hier ist sie: Hunde, männliche zumal, kennen neben dem Geschlechtstrieb auch den Spieltrieb, der dafür sorgt, daß das verliebte Geschäft nicht allzu hastig und allzu kurz ausfällt. Dank dieser wohlbedachten Einrichtung der Natur erfährt das Liebesleben schöne Volten, freie Runden, spielerische Verzögerungen, die die Damen offensichtlich nicht immer erwarten. Doch kann ich Dir andererseits versichern, daß Männer ganze Semester dauernde Abstinenz- und Karenzzeiten der Liebe als lästige Einschränkung empfinden. Ich lasse hier einen Herrn Baron zu Wort kommen, der es gelernt hat, Damen die Tatsachen der Liebe galant vorzutragen: »Soviel Zeiten das Jahr, soviel Stunden der Tag, da ist keine, wo nicht dem Knaben Kupido ein Geschenkerl abzulisten wär. Dafür ist man kein Auerhahn und kein Hirsch, sondern ist man der Herr der Schöpfung, daß man nicht nach dem Kalender forciert ist, halten zu Gnaden!«

Neulich habe ich mit Flush einen Spaziergang gemacht. Du weißt schon, mit jenem Cocker-Spaniel von haselnußbrauner Sanftmut, mit den quastenbehangenen Ohren, mit den schmalen Füßen, die fransengesäumt sind wie Baldachine. Mit jenem Flush also, der immer Hasen- und Fuchsgeruch in der Nase und nicht nur zweimal im Jahr das Jagdhorn der Venus in den Ohren hat und deshalb Vater wurde, noch ehe er seiner Welpenzeit entwachsen war. Flush ist weit herumgekommen, wie Du Dich sicher erinnerst, nicht nur von Three Mile Cross in die Wimpole Street, nein, er hat Miss Barrett mehrfach vom neblig kalten England ins strahlende Florenz begleitet. Flush ist ein europäisch bewanderter Hund und im Umgang mit nervendünnen und künstlerisch angehauchten Wesen eine Autorität. Obwohl er nur Menschen liebt, die Unterröcke tragen, und seinen Mithunden gegenüber sich als arroganter Aristokrat benimmt, so daß man sich ob seines rassistischen Benehmens in der Öffentlichkeit schämen muß: Für kurze Zeit hat er sich auch mir angeschlossen. Wir sind zusammen in die Straßenbahn gestiegen und von der Endstation zum Lorenkopf gewandert. Um uns über hündische Einsamkeit zu unterhalten. Hunde, so meint Flush, sind von allen Kreaturen am schlechtesten ausgerüstet, um mit der Einsamkeit fertig zu werden. Viel schlechter als Menschen. Sie seien von Natur einfühlsam nicht ins Eigene, sondern in das, was ihnen fehle. Sofern es echte Altruisten unter der Sonne gebe, seien es die Hunde. Zudem habe die Natur sie so ausgestattet, daß sie mit kurzem oder mit langem Fell

immer seidenweich sich anschmiegen möchten. Eine Qualität, die nur zum Ausdruck komme, wenn sie nicht allein und einsam daliegen müßten. Ob ich eine Vorstellung habe von der Erregtheit bis zu Luftsprüngen, die einen Hund befalle, wenn sein Ohr vernehme, wie ein bekannter Schritt die Treppe hochkomme? Dann die Enttäuschung. Ein Mensch erscheine, gequält von unverständlichen und fernab liegenden Sorgen. Im Hund sei alles Glut der Erwartung, doch am schnellfertigen Gruß, an der fahrlässigen Berührung, am Zustürmen auf etwas für den Hund ganz und gar Unfaßbares spüre er, wie eng verbunden und gleichzeitig einander unendlich weit entzogen Hund und Mensch doch seien. Ihr hüllt euch ein, wenn's kalt wird um euch, sagt Flush. Wir haben keine Kaschmirstola, die wir enger um unsere Schultern ziehen könnten, wenn eure Gefühlskälte uns überfällt!
Nackte Fassungslosigkeit angesichts des fehlenden Spürsinns zwischen den Kreaturen befalle hundertmal am Tag einen treuen Hund. Einige würden darob so elend und trübsinnig, daß sie eine richtige Abneigung gegen das Bellen und das Beißen bekämen, eine gesundheitsschädigende Aversion den eigenen natürlichen Regungen gegenüber! Das Ende sei ein aus Einsamkeit und Mißachtung erbärmlich winselndes Wesen, das niemand ertragen könne.
Der Hund ist immer am Verlieren, sagt Flush. Immer tauchten Konkurrenten auf, finstere kuttengewandete Mitternachtsgestalten und Kapuzenmänner, die die Menschen in fürchterliche Verhängnisse verwickeln, anstatt

sie der Obhut ihres Hundes zu überlassen. Deshalb sei es gar kein Wunder, wenn Hunde so mitgefühlheischend dreinblicken würden, wie sie es häufig tun. Wir müssen viel Aufhebens machen um unsere Mißgeschicke, bedauert Flush, damit man uns überhaupt wahrnimmt. Manchmal würden die Menschen dann von strudelartigen Gefühlsstürmen befallen, ihren Hund umarmen und so gewaltsam an sich drücken, daß man aufjaulen müsse. Darüber schütteln wir hinterher die Ohren in quälender Ratlosigkeit, sagt Flush, weil wir wissen, daß wir schon wenige Minuten später Hals über Kopf wieder in die tiefste Gefühlsfinsternis gestoßen werden. Ist es da ein Wunder, wenn die Leine der Liebe manchmal reißt und unsereins nach einem besseren Platz Ausschau halten möchte? Obwohl wir doch wissen, daß wir dabei fast immer einer abscheulichen Selbsttäuschung erliegen und bald wieder bettelnd an der Türe derjenigen stehen, denen wir in unserem Leben nahe sein möchten. Verstünden doch die Menschen, was es bedeutet, einen Raum mit uns teilen zu dürfen. Doch gewinne ich mit dem Alter den Eindruck, daß wir Hunde bald einmal die einzigen feinen Geschöpfe inmitten einer menschlichen Canaille sind, meinte Flush aristokratisch verbittert.

Wir würden so gerne lieben anstatt zu beißen, sagte Flush auf dem Rückweg. Wir möchten den Menschen eine Liebe zukommen lassen, die nicht vom Gewinn gesteuert ist, eine Liebe ohne Scham und ohne Reue. Eine, die nichts fordert als ein wenig Gegenwärtigkeit. Lieber rote und virile Flöhe, lieber die Räude ganzjährig als Menschen um uns, die der Ansicht sind, Liebe zweimal im Jahr sei das Höchste, wozu Hunde fähig seien. Weißt du, sagte Flush zum Schluß, in Florenz Melonen bewachen und jemand haben, der einen dabei gelegentlich hinter dem Ohr kratzt, ist kein so schlechtes Leben.

Lieber Iso,

Du kommst vom Kunstmuseum, überquerst den Hirschengraben, gehst die Kirchgasse zum Münster hinunter. Die Zürcher drehen sich um und schütteln ihre Köpfe, Du ziehst Dir die Schirmmütze tiefer in die Stirn und trittst mit Deinen »Mephistos« energisch auf. Leise rufst Du: »Flush«, »Bauschan«, »Krambambuli«, »Kim« und »Breton«. Der braunweiß gescheckte Jagdhund hat nichts mit André Breton zu tun, Gustave Courbet hat ihn so genannt, auf seinem Gemälde ist er, wie all die Hunde der Literatur, unsterblich geworden, Du gehst weiter in der Haltung des Hundekönigs, nimmst auf der Terrasse des Hotels Zum Storchen Platz, bestellst einen Café Crème und ein Glas Pouilly-Fumé, führst die Hunde an den Springbrunnen, Monsieur Schnyder, der Concierge, kennt Dich und verzeiht Dir viel. Die Hunde lagern, Fell an Fell, Pelzmütze an Pelzmütze um Dich herum, sie hecheln nicht, kratzen und flöhen sich nicht, jaulen und bellen nicht; sie wirken gedopt. Aber das ist der Irrtum. Die Ruhe ist nichts anderes als die »Droge« Geselligkeit.
Über Angst und Einsamkeit der Hunde gibt es wirklich viel zu sagen. Es ist lächerlich, wie schnell die Menschen sich mit ihrem kleinen Hundewissen zufriedengeben. Wenn der Hund im Schlaf schmatzende Töne von sich gibt und mit allen vier Füßen auf dem Trockenen galoppiert, ist er auf »Hasenjagd«, wenn er hechelt, schwitzt

er, wenn er pinkelt, »markiert er sein Feld«. Ich glaube das alles nicht, so einfältig, wie die Menschen sich das denken, ist eine Hundeseele nicht. Es gibt Hunde, die niemals jagen und trotzdem im Schlaf schmatzen, und ich kenne Hunde, die Halstücher umhaben, aber noch nie einen Schnupfen hatten. Sehr kranke Hunde kenne ich auch.

Taps bekam Staupe, die gefürchtetste Hundekrankheit, die es gibt, heute tritt sie kaum noch auf, dafür sterben die Hunde an Diabetes und Herzinfarkt wegen mangelnder Bewegung und kalorienreicher übersteuerter Ernährung, passives Rauchen kann auch eine Ursache sein.

Wir wachten Tag und Nacht bei Taps. Stündlich wickelten wir ihn in feuchte Tücher. Welche Umschläge wir ihm machten, war gleichgültig, ob kalt oder warm, wir mußten nur beide neben ihm sitzen und ihn streicheln. Neulich erzählte mir ein Zahnarzt, er habe seiner im Koma liegenden Frau über Tage und Nächte »Du gehst nicht, Du gehst nicht!« zugerufen und ihre Hand gehalten. Sie ist nicht gegangen, Taps auch nicht. Mit einem großen Badetuch zwischen den Vorder- und Hinterläufen trugen wir ihn dreimal am Tag ins Freie. Er konnte kaum auf seinen vier Beinen stehen, so entsetzlich schwach war er. Die Ohrenschmerzen müssen das Schlimmste gewesen sein. Nachdem Taps verstanden hatte, daß wir ihm helfen, auch wenn es weh tat, ließ er sich alles gefallen. Er legte den Kopf auf die rechte oder linke Seite, wenn es Zeit für die Ohrentropfen war, er rührte sich kaum, wenn eine kalte Kompresse auf der heißen Nase lag, nur zum

Tierarzt wollte er nicht, er sträubte sich vor der Haustüre mit letzter Kraft. Nach einer durchwachten Woche war die Lebensgefahr vorbei und Taps rekonvaleszent. Da lebendige Hunde, anders als Dein Lapo, nicht Tag und Nacht auf dem Schreibtisch des Herrn sitzen und stumm dessen Unordnung bewachen, setzten wir Taps, Du weißt, so ein Terrier ist groß und schwer, in einen geliehenen Kinderlaufstall in den Garten. Die Leute, die an unserer Hecke vorbeigingen und darüber schauten, glaubten, wir seien verrückt geworden, ein Hund im Laufstall.
Wenn man Schweres durchgemacht hat, kommt man sich näher. Taps hat uns nach dieser Woche all das Vertrauen geschenkt, das ihm nach dem Tod meines Vaters genommen war.
Von Hunden kann man viel lernen. Das weiß ich von Bonny, Taps und jetzt auch von Nelke. Gute Hunde, von den überzüchteten rede ich nicht, sind sicher in der Einschätzung von Beziehungen. Sie können die Verwandten von den Freunden und unter den Freunden die besonderen Freunde voneinander unterscheiden. »Dein« Flush, der sich auf der Storchen-Terrasse mit Breton, Bauschan, Kim und Krambambuli über die Absurditäten unterhält, die jene Damen und Herren Schriftsteller über sie verbreitet haben, bekommt auf die Frage, ob sie unter vergleichbaren »strudelartigen Gefühlsstürmen« zu leiden hatten, bestimmt sehr unterschiedliche Antworten. Also eher mal so, mal so, nur keine Regeln.
Hinter der haselnußbraunen Sanftmut von Flush hast Du mir in Deinem letzten Brief Hiebe versetzt, die in ihren

elegant gezielten Schwingungen erst bei mehrmaligem Lesen wirken. Dann aber heftig. Ich bitte Dich, falle nicht in die Vorzeit der Emanzipation zurück, auch wenn die Frauen das Spinett in den allermeisten Fällen nicht mehr bedienen können, spielen können sie! Du solltest Nelke sehen, wie sie über die kniehoch aufgeschichteten Laubhügel springt, den Ball in der Luft schnappt und ihn in ihr »Spielzimmer«, das früher unser Wohnzimmer war, trägt, auf dem Teppich herumrollt, den Ball unter die Heizung schiebt, damit sie ihn mit der Pfote (pardon) wieder hervorholen kann oder den Kauknochen zwischen den Vorderpfoten balanciert, wie der Clown aus dem Zirkus »Knie« die 13 rohen Eier.
Als Nelke heute morgen in einer ungewöhnlichen Höhenlage bellte – ihr Bellen ist leider sägend-schrill – und ich unsere dicke junge Briefträgerin versteckt hinter Bücherpaketen erwartete, standen wie Kinder, die einen Freund abholen, zwei Hunde wedelnd vor der Tür. Der Nachbarshund »Mungo« und die schlanke schwarze ein Meter zehn hohe Mischung »Mona«. Nelke pieselte vor Aufregung, als sie die zwei ihretwegen vor der Haustür sah, und die drei rasten auf die Wiese, die beiden Hündinnen hängten Mungo ab, er spielte den Beleidigten, Mona und Nelke nahmen keine Rücksicht, schlugen Haken, hüpften und tollten. Ja, die Frauen, verstehen viel vom Spiel! Mungo gab den Aufpasser, was immerhin eine kleine Rolle ist. Hundefrauen, von denen es heißt, sie würden andere Weibchen beißen, haben ein wunderbar verspieltes Verhältnis zueinander, man muß sie nur lassen.

Die Schäferhündin Wally und Nelke sind seit Nelkes frühen Tagen ein großes Freundinnenpaar. Nelke hat auch nichts gegen Rüden, aber das ungenierte, ungefragte und unerlaubte wilde Herumriechen gefällt ihr gar nicht, sie beißt und bellt nicht. Nelke kneift den Schwanz wie ein original Schweizer Klappmesser und trollt sich davon. Wir kommen, fürchte ich, mit der Halbjahresliebesdebatte nicht weiter, meine Nachbarn sagen, ich solle Nelke sterilisieren lassen. Das tue ich nicht. Um Dich zu beruhigen, empfehle ich Dir, die deutsche Nummer 05829–1837 anzurufen, »ursprüngliche und robuste« Bergamasker-Welpen sind für »liebevolle Hände« im Angebot, ich werde es doch noch schaffen, Dich zu einem vollständigen Hundebesitzer zu machen. Ich muß auf die Wiese, Nelke stupst mich, Herr Schnyder will bei Dir Café und Wein kassieren, es ist Schichtwechsel im Storchen, die Hunde schlafen, wecke sie nicht, sie driften ganz ohne Deine Hilfe zurück. Breton in Courbets Bild und die Hunde in die Bücher ihrer verstorbenen Damen und Herren!

Liebe Verena,

ich habe Deinen Rat befolgt, bin über den Hirschengraben in die Kirchgasse gegangen und habe aus allen Buchhandlungen und Kunstgalerien die Hunde zusammengerufen, um sie auf die Storchen-Terrasse zu führen. Der Zeitpunkt war schlecht gewählt. Ein kräftigerer Rufer hielt an diesem Morgen nebenan im Schauspielhaus einen Vortrag über Thomas Manns Tagebücher. Kein feiner Hund in Zürich, der den Verbeller der zeitgenössischen Literaten nicht hören will! Alle, angeführt von Bauschan, dem Villenbewohner aus Bogenhausen, waren hingelaufen, um das Ereignis zu bewedeln. Erst als ich anfing, russische Hundenamen die verlassene Gasse hinunterzurufen, erschien an der Haustüre Kirchgasse 25, wo der Schriftstellerverband seine Büros hat, der Dir bekannte Freund Poligraf Poligrafowitsch Moppel. Er war mürrisch und unzufrieden und begehrte auf, als er das Wort Storchen-Terrasse hörte. Wer will denn dumm in die Limmat schauen? Laß uns durch die Altstadt bummeln, auf möglichst direktem Weg in die Kronenhalle. Jeder Hund will heute in die Kronenhalle. Wer häufig da war, begreift die Attraktion nur halb. Doch was will man sich gegen jene stellen, die ihrem Rang und Namen schuldig sind, immer in der Kronenhalle zu speisen? Selbst Moppel gehört inzwischen zu ihnen. Seit 1990 lebt er nicht mehr in Moskau, sondern mit anderer russischer

Prominenz in Zürich. Die Rückverwandlung durch Professor Preobrashenskij in den Straßenköter von ehemals hat ihn nicht schöner, aber ruhiger gemacht. Jetzt benimmt er sich nicht mehr wie ein alter Satan, er nörgelt nur ständig herum. Auch neigt er zu Fettsucht. Ich habe ihn gewarnt vor der Butterküche der Kronenhalle. Er behauptet, es gebe dort die besten Wiener Schnitzel westlich von Wien. Man kann einem alten Hund seine Einbildungen nicht ausreden. Ausgewogene Ernährung ist wichtig, sagte Moppel, als wir am Großmünster vorbeigingen. Im Alter gibt's Verdauungsverluste. Bin ein schlechter Futterverwerter. Brauche beste Fleischqualität! hörte ich ihn mummeln.

Der Geist des Hundes ist zäh. Er setzt sich durch, wo es ihm wichtig ist. Als wolle Moppel den Herrschaftskoch des Grafen Tolstoj aufsuchen, stolzierte er durch die Zürcher Gassen. Die Zeiten von Pökelfleisch und billiger Krakauer seien vorbei. Er gehöre zu den Hunden, die früher nur das Wort »Wurst« buchstabieren konnten. Seit er hier sei, kenne er auch Zürcher Geschnetzeltes und Wiener Schnitzel. Das passe zu ihm. Denn ausgiebig habe der Moskauer Professor an ihm geschnetzelt! Er wisse, wovon er rede, sagte Moppel.

Die Kronenhalle war noch leer. Vorne beim Buffet saßen drei Kellner in weißen Westen an einem Tisch und stärkten sich vor der Invasion aus dem Schauspielhaus. Einer kam trotz der frühen Mittagsstunde und der Unterbrechung seiner Mahlzeit durch Gäste freundlich auf uns zu. Bestelle dünn geschnittenen Lachs! Oder marinierten

Aal! Oder duftende Flußkrebse auf einer Silberschüssel! flüsterte mir Moppel. Zur Einstimmung des Magens, verstehst du! Und laß dir ein Glas Wodka dazu servieren. Aber vierzigprozentigen, der dreißigprozentige ist scheußlich. Und als Hauptgang Wiener Schnitzel. Ohne Beilagen. Mit viel Zitrone. Dazu einen Saint Julien, ist ein leichter, aber anständiger Franzose. – Ich bestellte als Entree die Hausterrine. Sonst alles nach Moppels Kommando. Der Kellner brachte sogleich den Wein und dazu frisches Weißbrot. Moppel legte sich unter der kleinen Sitzbank auf den Boden, sicher, das von ihm Ersehnte würde demnächst kommen.
Ich nahm einen ersten Schluck vom kühlen Saint Julien. Ein sonntägliches Gefühl. Mein Freund, du hast ein Hundeherz, hörte ich Moppel unter dem Tisch reden. Du solltest nicht so tun, als könntest du mit den Menschen allein glücklich werden. Der reine Selbstbetrug! Laß es dir von jemand sagen, der sich auskennt bei Hund und Mensch. Was Menschen brauchen, das rieche ich. Du brauchst einen Hund. Und zwar dringlich. Ein Hund wie ich es bin. Doch leider bin ich nicht frei. Die beiden Damen in der Kirchgasse würden es mir für ihr Leben verübeln, wenn ich sie verließe. Sie sind gut zu mir. Sie achten mich und brauchen meinen Rat. Auch habe ich in meinem Leben genug Veränderung gehabt. In meinen alten Tagen bleibe ich, wo ich bin. Doch sag ich's dir in aller Freundschaft: Besorg dir einen Hund! Begib dich endlich in die richtige Gesellschaft! Hör auf zu versauern in Gegenwart von Menschen! Hol dir Schönheit ohne

Eitelkeit ins Haus, Kraft ohne Überheblichkeit, Mut ohne Grausamkeit, all die guten Eigenschaften der Frauen, ohne einen einzigen ihrer Fehler – wenn ich die Worte leicht abändern darf, mit denen ein großer Engländer seinen Hund ehrte. Ich stelle dir meine Erfahrungen und Kenntnisse zur Verfügung. Alles für ein Wiener Schnitzel in der Kronenhalle! Du kriegst die Terrine. Ich mag keine Leber und traue dem Mischmasch nicht. Mir gibst du das Schnitzel. Einverstanden?
Ich nahm einen zweiten Schluck. Und hörte, wie Moppel unter der Bank weiterredete. Nicht irgendeinen, sondern den besten Hund mußt zu dir nach Hause holen. Laß dir gleich sagen, was nicht in Frage kommt. Keine vorbestraften Hunde, keine Schnüffler, keine streunenden Erzhalunken. Auch keine Zirkushunde, keine Mülltonnenforscher, keine Wurstproleten. Keine Jäger, keine Deserteure und keine Simulanten. Vor allem keine Hunde mit piepsenden Stimmen, und keine, die süßlich riechen. Sei vorsichtig mit Leisetretern und mit Lakaien. Man erkennt sie am abgehackten Schwanz. Freude am Essen dürfen Hunde haben. Müssen sie sogar. Kolossaler Appetit auf Heringe ist ein Zeichen von guter Kinderstube. Jeden Hinterhof nach Freßbarem absuchen zeugt dagegen von schlechtem Geschmack und von miserabler Erziehung. Dein Hund darf stolz sein, aber nicht nachtragend. Er soll Zutrauen haben zu Menschen, aber nur zu jenen, die Zutrauen verdienen. Also muß er intelligent sein. Er darf nicht jedem Unterrock nachlaufen. Schöne Augen sollte er haben. Hast du meine je richtig gesehen? Ich liebe

meine schönen Augen. Scharf dagegen brauchen sie bei einem guten Hund nicht zu sein. Das Gehör aber: Bitte nur vom Feinsten! Und das ist es auch schon. Denn eine gute Nase haben wir alle.

Der Kellner brachte die Terrine. Laß sie dir schmecken, sagte Moppel. Und wenn es dich nicht stört, fahre ich fort, bis mein Schnitzel kommt. Es gibt noch einige Kleinigkeiten, die zu beachten sind. Denn Hunde sind ein weitverzweigtes Geschlecht. Ich mag nicht jeden meiner Verwandten. Pinscher und Schnauzer zum Beispiel sind mir ein Graus. In Moskau zeichneten sie sich durch Treue zu den häßlichsten Frauen aus. Vermutlich ist es auch in der Schweiz nicht anders. Ebensowenig mag ich die überförmigen Bestien, die Schweißhunde aus Südafrika und die sabbernden Doggen aus Deutschland. Weil die Schweiz mein Gastland ist, sage ich nichts gegen Bernhardiner und Berner Sennenhunde. Von den Schweizern sind mir aber die Appenzeller die liebsten. Hätten sie nur dieses häßlich tenorale Bellen nicht! Wenn ich mir eine Gefährtin für meine alten Tage vorstelle – manchmal träume ich davon, obwohl ich weiß, daß man im Alter nur als Einsiedler glücklich sein kann –, ist es immer eine eigensinnige Rauhhaardackelin, die Charakter und Stil, Witz und Würde hat. Und eine gehörige Portion Eigensinn. Mein größter Schwarm – ich rede nicht gern darüber – ist eine schöne Komondordame. Ich bin nie einer begegnet. Aus Erzählungen ist mir bekannt, daß sie weiß und mollig sein muß, ein riesiger Wollknäuel, wo ich die geschundene und für ewige Zeiten nackte Haut meiner

Brust – Fluch über den Moskauer Chirurgen! – schützen und wärmen könnte. Vielleicht sind dies nur die Altersträume eines Hundes, den das Schicksal von den stalinistischen Hinterhöfen Moskaus in die Kirchgasse Zürichs verschlagen hat. Ich weiß zum Beispiel nicht, ob Komondordamen süßlich riechen. Ich weigere mich aber, das Schöne entstellt und mit Mängeln zu denken.

Das Schnitzel kam. Der Kellner stellte den riesigen Teller mit dem über den Rand hinausragenden Lappen auf den Tisch, zusammen mit einer halbierten Zitrone. Ich lächelte freundlich. Er verschwand. Ich ließ den Zitronensaft über das panierte Ungeheuer tröpfeln, vergewisserte mich, daß keiner mich beobachtete, und reichte den Teller so bewegungslos wie nur möglich unter die Sitzbank. Moppel, der gerade dabei war, seine Bedenken gegenüber Chow-Chows zu begründen, stoppte mitten im Satz. Ich hörte zuerst einen Schnapplaut, darauf für wenige Sekunden ein genüßliches Schmatzen. Dann sagte Moppel: Du kannst den Teller wiederhaben und zahlen. Laß uns verschwinden, bevor die Meute aus dem Schauspielhaus eintrifft.

So geschah es. Der Kellner war über meine Fähigkeiten, in so kurzer Zeit ein ansehnliches Wiener Schnitzel zu bewältigen, sichtlich erstaunt. Die Diskretion des Hauses verbot ihm jeden Kommentar. Ich zahlte, wir verließen das Lokal, überquerten die Rämistraße und liefen durch die Altstadt zurück. Glaub es einem alten Hund, sagte Moppel. Nach dem Essen ist Ruhe das Beste. Du kannst mich aber jederzeit wieder in die Kronenhalle einladen.

Es gibt noch einiges, was Du wissen solltest, bevor Du einen Hund ins Haus holst.
Wir kamen zur Kirchgasse 25. Ich öffnete die Haustür. Moppel blickte mich an und sagte: Mach dir keine Sorgen. In der Anschaffung eines Hundes können Menschen nicht unter ihr Niveau gehen. Dennoch sollst Du nicht den erstbesten Hund ins Haus nehmen. Es ist wie mit dem Wiener Schnitzel. Essen kann man beinah jedes. Streben muß man nach dem Schnitzel der Kronenhalle. Frag nur deine Freundin in Bonames! In ganz Frankfurt soll es keine anständigen Wiener Schnitzel geben!
Und weg war Moppel.

Lieber Iso,

Du hast Dir im vergangenen Jahr große Mühe gegeben, mich immer wieder und auf die subtilste Art und Weise von der Pracht und Herrlichkeit des Männlichen zu überzeugen, die Du unter Dantes wunderbar idealisierter Stirn wie das Schweißtuch des Troubadours hervorgezogen hast. Aber kann und darf es eine Frau ertragen, im Kampf der Geschlechter zurück in die Schulklasse zu den Angebeteten, Unantastbaren, Idealisierten, zu den Lauras und Beatricen gesteckt zu werden? Was soll das eigentlich, »Kampf der Geschlechter«? Wollen Männer immer siegen?
Es hat lange gedauert, bis das rechte Gefühl für das Glück am »Sieg« zu mir durchdrang. Vielleicht ließ ich es, aus Angst zu verlieren, gar nicht erst so weit kommen. Nicht im Turnunterricht, da habe ich mich in der Riege, damit ich nicht über den »Bock« springen mußte, immer wieder hinten angestellt, nicht in Latein, Französisch, Biologie. Gute Noten waren mir, weil ich sie nie bekam, verhaßt. Aber heute weiß ich es endlich: Ohne Ehrgeiz ist das Siegen nicht zu bekommen und ohne Selbstbewußtsein kein Ehrgeiz. Doch vielleicht trifft auch das Deiner Meinung nach nicht zu.
Das männlich-weibliche Tauziehen wird immer ein Kräftemessen mit Ungleichen bleiben. Ich befürchte, daß sich hinter all den demokratischen Feinrechnungen »Du

trägst in der ersten Woche des Monats den Müll runter, ich in der zweiten« und so ewig weiter nichts anderes verbirgt als ein läppisches Scheingefecht, ein Gezappel um des lieben Friedens willen und nicht das Tremolo eines Gedankens. Mann und Frau sind nicht gleich, hat das schon mal jemand behauptet? Also! Klingt einfältig, ist aber kompliziert. Hinter diesem ganzen Gerede steht nur der Kampf um Anerkennung. Ich muß nachsehen, war es Aristoteles, der diese steinerne Wahrheit in die Welt setzte? Mir ist es (fast) total egal, wie oft ich den Müll hinuntertrage, aber ich will anerkannt und vor allem selbständig sein. Brauchst Du zu deiner »Selbständigkeit« ausgerechnet die Hunde, kannst Du mich fragen? Oder wofür muß das liebe Tier alles herhalten?

Ich kann es Dir sagen: Hunde lenken ab vom Ehrgeiz, von der Panik, von schlechter Laune, vom plötzlich auftauchenden Gefühl endloser Einsamkeit, von der Faulheit, zu Fuß zu gehen, von der Gefahr, tagelang im Bett zu bleiben und den Anrufbeantworter auszuschalten. Bei uns zu Hause wurden Probleme buchstäblich über dem Rücken der Hunde verhandelt. Man erzählte sie dem Hund, die anderen hörten zu oder nicht, konnten, mußten aber keine Stellung nehmen, nicht fauchen oder näseln, nicht rot werden oder volle Gläser werfen, es ging sie ja gar nichts an. Der Umweg Mensch-Hund-Mensch verkleinerte durch plötzliche und nie vorhersehbare Teilnahme des jeweiligen Hundes, zum Beispiel durch kurzes Wedeln oder Jaulen, die Lage, erwärmte sie, schüttelte das ganze familiäre Kleindrama ab. Oft genügte ein kur-

zes Gähnen und die Krise – war da überhaupt eine gewesen? Gäste fanden unsere familiären Unterhaltungen sonderbar, langweilig, einfältig. Diese Anti-Hinterfragungsmethode war in den Jahren des Psychobooms und der Therapeutenepidemie natürlich eine Katastrophe, eine reaktionäre Dummheit, aber ich empfand diese Möglichkeit der Ableitung als menschenfreundlich und benutze sie heute noch. Daß wir beide uns die Hunde als Zwischenträger ausgesucht haben, ist ein von meiner Seite familiär erprobter Trick. Ich gebe es zu, der Trick ist Dir gegenüber unfair.
Ich weiß, Dir fehlt nicht die Liebe und das Verständnis zum Hund, aber der Hund selbst. Ich kann Dir noch so viele an Deine Fersen heften, sie fallen vor Deiner Haustür von Dir ab, und mein Verdacht, daß unsere Diskussion mehr »menschlichen« als »tierischen« Stoff enthält, ist leichten Herzens ausgesprochen. Wenn ich heute klein beigebe, so liegt das allein an Nelke und der bayerischen Küchenbank.
Unter dieser Holzbank haben die Bauernhausbesitzer die Heizung angebracht, damit der Feriengast sich satt und warm wie damals am Kachelofen fühlt. Die Bank ist ein Feuerstuhl. Aber draußen ist es zu kalt, um drinnen die Heizung abzustellen. Im Jahr des Kruzifixurteils hängt hier in der Ecke Maria ohne Unterleib. Eine Wolke hat ihren Schoß verschluckt. Marias schreckliches Schicksal war es nicht, die meine gute Meinung über die Liebe von Weibchen zu Weibchen oder »Weiberl«, wie man hier sagt, einschränkt. Die einfachste Lehrmethode ist manch-

mal doch nicht die Theorie, sondern die direkte Anschauung, auch wenn ich in der Silvesternacht lieber weggesehen hätte.

Wir waren bei unseren Münchner Freunden eingeladen, hatten die schwarzweiße Diele, die an der Küche vorbeiführt, gerade durchquert, da kam von oben die Hündin Lena herabgeschossen, warf ihren großen wuchtigen schwarzen Leib über Nelkes Kreuz, die Mäuler verkeilten sich, die Zähne sahen weiß, spitz und einsam aus, wie auf der großen Schautafel von Dr. Müller. Ich war zu erstaunt, um Angst zu haben, und schaute amüsiert auf das Schauspiel zwischen meinen Füßen, ich wollte nicht glauben, was ich sah und was ich hörte. Aufgeschreckt von dem Gefletsche und Getöse kam Mumpitz die Treppe herunter und machte fünf Stufen über dem Damenkampf kehrt. Mumpitz ist ein kluger zehnjähriger schwarzer Schnauzer mit graumeliertem Spitzbart, sein stoisches Wesen konnte ich in der Silvesternacht noch einmal bewundern. Es gelang uns, die beiden jungen Hündinnen zu trennen und Nelke ins eiskalte Auto zu sperren. Lena ist eine gebürtige Amerikanerin. Sie wurde, wie es die Hygienevorstellungen in diesem Land nahelegen, sofort sterilisiert und mit vegetarischen Erzeugnissen großgezogen.

Es war zu kalt für Nelke im Auto, und außerdem sind Silvesterkracher das Letzte für die Seele eines jeden Hundes. So wurde Nelke in das Schlafzimmer von Mumpitz' »Eltern« befördert; was die beiden zwischen den Kissen, den Schuhen, Kleidern, Hanteln, Büchern taten, ich

weiß es nicht. Unten löffelten die Gäste ihre Kürbissuppe, in die hauchdünn Ingwer eingerieben war.
Wäre aus meinem Knallbonbon nicht ein winziges blaugelbes Telefon und ein kleiner Zettel mit einem Spruch gefallen, der mich an meine Pflichten den Tieren gegenüber erinnerte, hätte der zweite Kampf wahrscheinlich nicht stattgefunden. Ich stieg die vielen Stufen zu Mumpitz und Nelke hoch und kraulte beide abwechselnd am Ohr. Draußen knallte es, es war 24 Uhr. Im Dachzimmer war nichts von der »neuen« Zeit zu merken, kein hysterischer Radiosprecher, keine Sektkorken, es war friedlich, beschaulich ohne Worte, müde Hundeaugen, gelangweilt von der wenig anregenden Gesellschaft im hellen, unaufgeräumten Zimmer. Als die Tür aufging, kam Lena, Schicksalsbotin des neuen Jahres, stolz und selbstbewußt. In Sekunden waren Lena und Nelke wieder ein böses Knäuel. Lenas lange, feine schwarze Haare mischten sich mit Nelkes rothaarigem Strubbelfell, sie packten sich gegenseitig am Hals, gut gezielt an der empfindlichen Stelle unter dem Ohr, sie rupften sich, rauften, wie ich an dem Tag, an dem ich beschloß, all meine Puppen kaputtzumachen. Ich betrachtete diesen Ringkampf wieder merkwürdig ruhig und geradezu unbeteiligt, so als wäre ich aus Marmor oder Nelke nicht mein Hund, sondern ein Demonstrationsobjekt aus dem Biologieunterricht. Wäre nicht Mumpitz' entschlossenes Frauchen hereingekommen und hätte mit sicherem Griff die beiden fauchenden Mäuler auseinandergezerrt, wer weiß, was da direkt vor und unter meinen Augen geschehen wäre. Die Bißwunde

an Nelkes Hals war nicht tief, aber die Stelle war gut und gemein gewählt. Lena hat längeres Fell und ist besser beschützt. Hunde soll man in solchen Situationen an den Hinterbeinen packen und weit weg schleudern, hat später einer von den heroischen Gästen vom Sofa aus gesagt.

Einen Tag später riß Nelke die Legehenne unserer Vermieterin, die Federn stäubten als Puderquasten über den Hof, das arme, in Todesangst aufgackernde Huhn war halbseitig kahl. »Hams a Göld dabei«, schrie aufgebracht ihr Sohn, während Nelke, richtig in Fahrt gekommen, mit wippenden Ohren und gestreckten Vorderläufen über ein Gatter sprang und die weiteren Hühner scheuchte. So langsame »Vögel« hatte sie noch nie gesehen. Bei uns gibt es Katzen und Fasane, die wissen, wie sie sich zu retten haben. Ich rannte über den eisbezogenen Hof, fiel hin, Nelke jagte nun wirklich wie der sprichwörtliche rote Teufel hinter den schwarzen schönen Hühnern her, die Nachbarsbäuerin öffnete die Tür. Ihre Flüche habe ich nicht verstanden, es war schönstes Bauerntheater. Von der sinnlosen Botschaft, die eine Henne in Finnegans Wake unter dem Misthaufen hervorscharrte, fand sich keine Spur. Zwanzig Mark kostet im Chiemgau das Legevieh.

So begann Nelkes neues Jahr mit zwei Einsätzen, zwei gleichgeschlechtlichen, die meine rührende Freundinnenthese wegfegt (Lena, Nelke und die Henne), aber ich habe keinen Ersatzengel mit oberhessischem Stammbaum, ich habe einen Jagdhund. Komisch, aber je länger ich darüber nachdenke, so ist es! Weißt Du, damals als ich Dir beim Dante-Kongreß auf dem Monte Verità mit dem »Veltro« in die Quere und mit den Schlangen kam, hast Du meine Wut über die Selbstherrlichkeit der Männer nicht nur in Beziehung zur Dante-Forschung abbekommen. Du kannst sagen, daß Du der Einäugige bist, und Du kannst sagen, ich hätte mir unter allen Männern oder Kongreßbesuchern ein anderes Opfer als ausgerechnet Dich aussuchen sollen. Aber! Wollen wir vorerst schweigen und Nelke ihren schmatzenden Träumen überlassen und abwarten, was Dir zum Siegen einfällt, einen Exkurs über das Huhn erspare ich Dir.

PS: Heute erhielt ich Deinen Bericht über den Ausflug mit Moppel in die Kronenhalle. Ich bin sehr zufrieden. Moppel ist unter allen »literarischen« Hunden mein Auserwählter. Um das Wiener Schnitzel werden Moppel und ich in Zukunft streiten. Vielleicht gehen wir mal zu dritt oder zu viert in die Kronenhalle. Vier Menüs, zwei auf und zwei, bitte Herr Ober, unter den Tisch! Da fällt mir ein Sommerausflug und die Einkehr in einen Landgasthof bei Sabionetta ein. Wir gaben dem durstenden Taps aus dem Sektkübel zu trinken. Unserem Freund Wilke war das peinlich. Er stand empört auf und setzte sich mit dem Rücken zu uns an den Nachbartisch.

Liebe Verena,

aus Deinem oberbayerischen Reservat hast Du überzeugend dargelegt, daß nicht nur Männer aufs Kämpfen und Siegen aus sind. Hündinnen stehen ihnen in nichts nach, zumal wenn sie jung und unerfahren sind. Ich denke, daß es nicht besonders klug von Dir war, Nelke in der Silvesternacht in Lenas Territorium einzuführen. Dafür hätte ich den Weihnachtsabend gewählt. Da vertragen sich seit Christi Geburt Fuchs und Huhn, Wolf und Lamm, Hund und Katz. Nur bei den Menschen bricht in dieser Nacht Streit aus, denn sie hauen vor Rührseligkeit und Enttäuschung aufeinander ein, statt wie die Tiere vernünftig ihr Los und ihr Leid zu besprechen. Lena und Nelke hätten während der Christmette schmusend und karessierend geplaudert, ich schwör es Dir. Wer sie belauschte, hätte erfahren, was sie von ihren Besitzerinnen halten und was sie an ihnen unerträglich finden. Nächstes Jahr übernehme ich Nelke in den Weihnachtsferien. Ich kenne einen Arvenwald bei Maloja, da plaudern die Tiere jede Winternacht unter dem Sternenhimmel. Übrigens habe ich immer schon den Verdacht gehegt, daß die bayerische Schickeria trotz aller Kruzifixe eher unwissend als fromm ist. Anstatt leise an Weihnachten ihre Hunde und Kanarienvögel auszuhorchen, lassen sie die Korken knallen und mißhandeln ihre ohrenempfindlichen Hausgenossen.

Deine kleine hühnerzerfetzende Bestie hat mich dazu gebracht, über den bösen Hund zu sinnieren. Gerade jetzt, wo ich ernsthaft daran denke, mein Leben nicht nur in Gesellschaft des stummen Lapo fortzusetzen, ist das Thema brisant. Ich brauche sicher keinen vierbeinigen Engel im Haus, doch einen reißenden Wolf, der nichts Besseres weiß, als alles totzubeißen, was sich bewegt, will ich ebensowenig um mich haben. Man sagt zwar: Das Böse im Hund ist der Mensch, der es ihm beigebracht hat. Meinetwegen. Mein Hund muß so intelligent sein, daß er unfähig ist, vom Bösen das Böse zu lernen. Moppel hat mich gewarnt vor dem heimtückischen, bei jeder Gelegenheit schnappenden Gesindel. Gehe systematisch vor, hab ich mir gesagt, eliminiere durch logischen Schluß, was dir später Hundeverdruß bringen könnte.
Um in die dunkelsten Schichten der Naturanlage lebender Wesen zu gelangen, gibt es einen sicheren Weg. Man muß Shakespeare lesen. Die Stelle, die den Charakter böser Hunde am ausführlichsten behandelt, steht im Lear. Der alte König irrt herum, schon halb dem Wahnsinn verfallen, draußen pfeift der Sturm, Lear und seine Begleiter suchen Schutz in einer Hütte. Hier will der König in Gesellschaft des Narren und Poor Toms Gericht halten über Goneril und Regan, seine bösen Töchter. »Komm her, du hochgelehrter Richter!«, sagt er zum verrückten Tom, »Sitz hier, du weiser Herr!« zum Narren. Noch einmal hat der Irrsinn Methode. Der König beklagt sich, alle Hunde, sogar die kleinen, würden ihn anbellen. Tray, Blanch und Sweetheart nennt er die Kläffer, die ihm zusetzen. In der

Schlegel-Tieckschen Übersetzung heißen sie Spitz, Mops und Blandine. Doch Poor Tom weiß Abhilfe. Er will seinen eigenen Kopf den bösen Hunden nachwerfen, um Lear vor dem bellenden Pack zu retten. Dazu kennt er den richtigen Bannspruch, mit dem man böse Hunde vertreibt. Jeder, der Angst hat vor Hunden, muß den Spruch auswendig lernen. Dann ist er sie für immer los.

Be thy mouth or black or white,
Tooth that poisons if it bite;
Mastiff, greyhound, mongrel grim,
Hound or spaniel, brach or lym;
Or bobtail tike or trundle-tail;
Tom will make him weep and wail:
For, with throwing thus my head,
Dogs leap'd the hatch, and all are fled.

Sei dein Maul schwarz oder weiß,
Sei's von gift'gem Geifer heiß,
Windspiel, Bullenbeißer, Jagdhund,
Bracke, Spaniel, Dogg' und Schlachthund,
Lang- und Stumpfschwanz, all ihr Köter,
Hört ihr Tom, so schreit ihr Zeter,
Werf ich meinen Kopf nach euch,
Rennt ihr davon über Graben und Teich.

Zwei Dinge sind hier bemerkenswert. Shakespeare offenbart erstens einem Trio von Verrückten, welche Hunde zum bösen Charakter neigen. Ich werde niemals einen Mastiff, eine Bulldogge oder einen Bluthund ins Haus nehmen. Auch Spitz und Mops und Hunde, die Sweetheart oder Blandine heißen, mögen fern von mir bleiben. Wer Shakespeare genau liest, darf sich überhaupt auf keinen Jagdhund einlassen. Deine Nelke mitsamt allen Terriers und sonstigen Jägern zu Wasser und zu Land kämen also gar nicht in Frage. Hingegen sind »mongrels« – Bastarde – durchaus in Betracht zu ziehen, sofern sie nicht »grim« – von wilder und hinterhältiger Art – sind. Scharf aufzupassen gilt es auf die Schwänze. Ein gestutzter Steiß ist keine Garantie für einen einsichtigen Hund. Ein Ringelschwänzchen kein Beweis für seine Liebenswürdigkeit. Vor einer Entscheidung werde ich aus Risikoabschätzungsgründen einige Wochen vergleichende Schwanzstudien betreiben. Natürlich gestützt auf die einschlägige Göttinger Abhandlung. Ich muß anhand der Schwanzform das Damenschößige sofort von penetranter Mannheit und Drangdruck unterscheiden lernen, mit Hilfe von Lichtenberg und den unvergleichlichen Schwanzqualitäten von Cäsar, dem Leibhund Heinrich des VIII.

Das wirklich Aufregende im Umgang mit bösen Hunden ist aber Shakespeares Satz: »Tom will throw his head at them.« Was in aller Welt soll es bedeuten, wenn ein Verrückter sagt, er werde den bösen Hunden seinen Kopf nachwerfen? Nur damit sie abhauen und den durch die Gegend irrenden König in Ruhe lassen! – Ich will morgen den Spezialisten fragen. Es gibt nichts aus der Shakespeare-Zeit, zu dem mein Kollege Vickers nicht wüßte, was sich die gelehrte Welt dazu hat einfallen lassen. Mein Gefühl sagt mir schon heute abend, daß Poor Tom mit seinem den Hunden nachgeworfenen Kopf keinen Unsinn, sondern eine große Wahrheit offenbart. Wenn ein Hund sich vor nichts so fürchtet wie vor dem Kopf eines Verrückten, so hat er am Ende ziemlich viel Vernunft. Ein verrückter Kopf ist für einen aufgeregten Hund so etwas wie eine Stinkbombe. Der Hund verduftet vor dem anrollenden Wirrschädel wie die Chaoten vor dem anrückenden Polizeitrupp. Hunde ertragen im Erregungszustand offensichtlich keinen Wahnsinn! Das spricht für sie. Vielleicht sind Hunde überhaupt nur deshalb so zubeißend unberechenbar, weil die Menschen so regelmäßig geistesgestört sind.

Hast Du eine andere Deutung? Ich bin ratlos. Oder wie Shakespeare es sagen würde: My wits are gone!

Meistens sind Hunde gar nicht böse, allenfalls etwas zudringlich. Ich schließe deshalb mit dem Ratschlag einer englischen Schriftstellerin, die Hunde besser verstand als der genialste Mann Großbritanniens. Sie schrieb: »Be always attentive to the feelings of dogs, and very polite if you have to decline their advances.« Die Dame lernte im Umgang mit Hunden, wie man unziemlichen männlichen Avancen geschickt begegnet, ohne den eigenen Kopf ihnen nachwerfen zu müssen.

So siegen die unberechenbaren Irren über die bösen Hunde und die berechenbaren Frauen über die lieben Männer.

PS: Habe einen Termin mit einer Schäferei im schweizerischen Mittelland vereinbart, wo man Bergamasker-Mischlinge züchtet. Halte Dich auf dem laufenden.

Lieber Iso,

steht das Rezept für den Sirup, den Du mir mit kleinem Löffel auf die Zunge träufelst, in einem Deiner Folianten? Hat Dein Bücherschrank Glastüren, damit sich Moppel, wie er das in seiner alten Heimat gewohnt war, darin spiegeln kann? Weshalb hast Du es bis jetzt unterlassen, einen Hund mit in Deine Wohnung zu nehmen? Verbietet es die Hausordnung?

Dein Mittagessen in der Kronenhalle hat ein Hauch von Neid in mir aufsteigen lassen. Zürcher Wiener Schnitzel! Nur habt ihr für mein Empfinden diese Delikatessen viel zu schnell hinuntergeschluckt. Der Sirup schmeckt süß, obwohl er übel riecht, richtig muffig, wenn ich ehrlich sein soll. Du willst, daß sich mein Papiergeruchsempfinden verbessert, willst, daß ich endlich in der Lage bin, Bücher, in denen von Hunden die Rede ist, von Büchern zu unterscheiden, deren Inhalt ohne Hunde auskommen muß! Dich sehe ich in eleganten Schwüngen die Spur durch Deine Wohnung aufnehmen. Du bist erfolgreich. Wie Du die Hunde entdeckst und ganz privat markierst. Ach, wenn doch nur Ehrfurcht meine Sache wäre. Shakespeare, Bulgakow, Kafka, weiß Gott, was da noch alles kommt? Ich kann Dir kaum noch folgen und ertappe mich dabei – aber, kennst Du die Geschichte vom namenlosen Mann im schiefergrauen Anzug, der jeden Morgen um sieben Uhr aufstand, um neun Uhr in die Bibliothek ging und abends mit einer Flasche Milch, einem halben Brot und den Listen der Buchtitel, in denen er Hunde gefunden hatte, nach Hause kam? Nach seinem Herztod, das liegt etliche Jahre zurück, fand seine Schwester in seiner aufgeräumten Wohnung unzählige leere Milchflaschen, doch nur ein einziges Buch, es lag auf seinem Nachttisch: Denis Diderots »Briefe an Sophie«. Zwischen Seite 234 und 235 steckte ein leerer Zettel. Die folgenden zwei Zeilen waren rot angestrichen: »Warum man um so weniger am Leben hängt, je ausgefüllter es ist?« Ich habe lange über diesen Satz nachgedacht. Gedeutet haben ihn schon viele, Diderot natürlich zuerst. Er war der Ansicht, ein arbeitsreiches Leben sei »unschuldsvoll«. Da siehst Du, unschuldsvoller Vielbeschäftigter, wie gut es um Dich steht, deshalb sprichst Du vom Bösen wie ein Weiser, der nichts vom Bösen weiß.

Ich dagegen muß nur aus dem Fenster schauen und sehe es. Dabei bin ich nicht unbedingt Deiner Meinung, daß der Mensch das Böse im Hund ist. Die Geschichte, die sich vor ein paar Tagen hier abgespielt hat, zeigt, daß es der Sexualtrieb ist, der aus Mensch und Tier Mörder macht.

Mona, die schwarze Hündin aus der Nachbarschaft, ist so groß, daß sie ohne Anstrengung alle Türen öffnen kann. Sie ist »heiß« und sehnt sich nach Mungo, dem Border-Collie, der ganz und gar eine neurotische Figur ist. Um den guten Ton zu wahren, tut er so, als bemühe er sich, Monas Lust zu befriedigen. Nicht glücklich mit der halben Portion, lauerte Mona einem Pitbull-Terrier auf und führte den neuen Liebhaber die Wiese hinunter zu Mungo, der wie üblich vor seiner Haustüre lag und vor sich hindämmerte. Wollte Mona Mungo scharf machen, das bekannte Spiel? Ist Mona kokett? Ist das Deiner Meinung nach der Mensch (oder genauer die Frau) im Hund? Der Pitbull verstand nichts vom Spielen, Tändeln und Intrigieren, er wollte freie Bahn und keine Konkurrenz, vielleicht war ihm sogar ein Beobachter zuwider. Die Bestie warf sich auf Mungo, krallte seine Hauer minutenlang in Mungos Backe, diese Köter haben überhaupt keine Beißhemmung, sie sind dafür bekannt und bezeichnenderweise in Mode. Der Besitzer mußte mit einer Eisenkette die Zähne seines Tieres aus Mungos Fleisch lösen. Mungo hatte Glück, daß der Pitbull nicht sein Auge mit rausgerissen hat. Die Tierärztin nähte die Fellfetzen sehr geschickt zusammen. Am Morgen darauf sah ich Mungo und Mona wieder zusammen auf der Wiese, glücklich ist, wer vergißt …

Die Kunst der Verführung beherrschen Hunde, ohne daß jemand vor ihnen ein Wort darüber verloren hätte. Aber Kausalketten zu analysieren und Schlüsse zu ziehen, liegt Hunden nicht. Geistesgestört sind nicht die triebhaften Hunde, sondern ihre Besitzer, wobei es auch hier Ausnahmen gibt. Auf der Rangfolge von Hunden nach Gehorsams- und Arbeitsintelligenz stehen Border-Collie, Pudel und Deutscher Schäferhund auf den ersten drei Plätzen, der Pitbull auf Platz 34, meine schöne Nelke belegt den 53sten Platz, bestes Mittelfeld immerhin. Bonny, Larry und Taps hätten, wenn sie nicht vor Erstellung der Liste verstorben wären, ihren guten 29. Platz selbst nicht recht für möglich gehalten. »Wenn man diesen Hunden genügend Zeit zum Üben läßt, werden sie sich auch merken, was sie zu tun haben«, heißt es herablassend in Stanley Corens Buch. Mußt mich nicht fragen, was ich von solchen Gehorsamsolympiaden halte.

Du glaubst Shakespeare, edel von Dir und respektabler als Corens Rorschachtest. Aber Du kannst Jagdhunden nicht übelnehmen, daß sie jagen! Und wenn Du einen Bastard erwischst, in dem ein neunzigprozentiger Jäger steckt? Jagdhunde sind ausgeglichener als Hütehunde. Jagdhunde rasen übers freie Feld und bekommen den Hasen nie, von Hühnern wollen wir schweigen. Hütehunde rennen den ganzen Tag im Kreis, auch Du wirst Dein Leben nicht so grundsätzlich umstellen, daß Du mit dem Hund eine Schafherde erwirbst, die er zu seinem Glück und für die Erhaltung seines Arbeitseifers braucht.

Wahrscheinlich wird Dir Dein Kollege Vickers längst gesagt haben, daß der Poor Tom keineswegs so verrückt war, seinen eigenen Kopf den bösen Hunden zum Fraß vorzuwerfen. Welchen Gewinn hätte der alte Lear, wenn er bei der nächsten Attacke ohne Tom auskommen müßte? Tom wird der Meute seinen Doppelkopf, dekoriert mit Zipfeln und Glöckchen, zugeworfen haben. Den konnten sie zerren und reißen und beruhigt vom melodischen Bimmeln der Glöckchen den Schlaf nach der Aufregung finden. Und was die Bedeutung der Schwänze betrifft, so solltest Du nicht gleich in den siebten männlichen Himmel auffahren und lieber tief unten bei der Bedeutung der Nasen beginnen. Über Nasen machte sich Euer Zürcher Bruder Lavater größere Sorgen als unser Göttinger Lichtenberg über Schwänze. Voll Ekel erzählte mir mein Kollege H., die Hunde Kölns hätten rote Nasen, verschmiert vom Lippenstift ihrer Herrinnen.

Das ist eine der üblichen journalistischen Übertreibungen. Ich erkenne in Hundenasen keinen Kußplatz, sondern einen Kompaß. Die Nase ist ihre Landkarte, ihr Michelin, ihr Seelenbrevier. Hunde, die einen ausgesuchten Geruchssinn haben, sind die Sehenden und Fühlenden. Sie unterscheiden sich von den Blinden und Gemütsarmen. In der Nase sitzt ihr erster Sinn. Der Urahn unseres Haushundes gehörte zur Familie der Caniden. Caniden waren wilde Tiere. Durch Domestizierung haben sich die Hunde immer weiter von ihren wilden Vettern fortbewegt, ihre Schnauzen sind kürzer, im Lauf der Jahrhunderte sind ihre Nasen platter geworden. Mit Hilfe der Nase lernten sie Freund und Feind zu unterscheiden.

In dem Roman, den ich heute zu Ende gelesen habe, ist der Held versessen auf den Geruch von Haaren. Zimt, Rauch, Gras und was er nicht alles aus den Frauenfrisuren herausriecht. Mir ging das auf die Nerven, Werbestrategie der Kosmetikhersteller, keines Literaten. Abends war ich eingeladen und prüfte drei Freundinnen. Ich war zufrieden. Ihre Haare rochen nach Shampoo. Zu Hause steckte ich meine Nase in Nelkes Pelz. Welche unnachahmliche Mischung: Erde, Pferdemist, Tier.

In Plögers Gewürzregal entdeckte ich »Nelkenpfeffer«.

Jeder, der mich jetzt noch fragt, wie ich auf den Namen »Nelke« für meinen Hund gekommen bin, muß eine kräftige Prise nehmen.

Bevor Du einen »gezüchteten« Mischling kaufst und Dich womöglich in ein großes Unglück stürzt, weil ein gezüchteter Mischling doch wieder ein Rassehund ist, und Du Dir in jedem Fall nur einen solchen Hund anschaffen solltest, der in Pila wohnt, wo Busfahrer die Adresse und Telefonnummer jedes hündischen Triebtäters kennen, empfehle ich Dir den Besuch bei einem anerkannten Psychologen. Vielleicht könnte er Dir sagen, welcher Hund zu Deiner Charakterstruktur und zu Deinen literarisch geprägten Vorstellungen paßt. In Freiburg gibt es einen durch Streitschriften bekannten Therapeuten, der Körperkontakt (Kopfhalten, Rücken an Rücken drücken) einsetzt und sich mit dieser Wärme an das »Vater-Ich« des Patienten heranarbeitet: »Hatte Dein Vater Hunde, und wenn ja, welche?«

Auf jeden Fall mußt Du Deinen Hund »Grigio« nennen, so taufte Don Bosco den Hund, der ihn im Turiner Stadtteil Vadocco mehrmals vor Messerstichen schützte. Als Don Bosco Grigios Schutz nicht mehr nötig hatte, kam der Hund eines Abends ins Refektorium, leckte dem frommen Mann still die Hand, rieb den Kopf an seinem Habit, drehte sich um, verschwand in der Nacht und ward nie wieder gesehen.

Dabei muß ich an Moppel denken, der stolz ist, daß seine Großmutter als Dirne ihr Auskommen hatte und daß irgendwo zwischen den Ahnen ein Neufundländer war.

Bestimmt bist Du mit Michail Bulgakows moralischem Segen einverstanden. »Güte« ist für ihn die einzige Art und Weise, mit einem Lebewesen zurechtzukommen, deshalb ist der Hundefreund für den russischen Dichter ein »höheres Wesen«. Wenn ich Deiner englischen Dame folgen und von der schwarzen Mona lernen soll, landet einer beim Arzt und der andere bekommt wegen vorsätzlicher Körperverletzung eine Anzeige von der Polizei. »If you have to decline their advances.« Auch Ladies wissen nicht immer, was sie sagen!

Lieber Gelehrter, ungeduldig erwarte ich Deinen Bericht über den Stand der Dinge – und vergiß den Therapeuten nicht!

Liebe Verena

Dein letzter Brief ist nicht unnütz für mein Problem, auch wenn er diesmal bösartige Töne enthält. Als Sirup und dazu muffig riechend zu bezeichnen, was ich Dir als Zwischenergebnisse meiner Forschungen zum idealen Hund nach Bonames schicke, kommt einer Verhöhnung der Nichtbesitzenden gleich. Ich übergehe sie und alles andere, das in den Giftschrank gehört, und setze meine Abklärungen fort. Tag für Tag sehe ich schärfer, wie mein künftiger Hund beschaffen sein muß, um ihm und mir ein glänzendes Zusammenleben zu erlauben. Dabei berate ich mich – trotz Deiner Empfehlung – nicht beim Therapeuten, sondern direkt beim Hund.
In der Dufourstraße 23 im Zürcher Seefeld arbeitet Pudel Cassius. Tintenschwarz sich ringelndes Haar, tintenschwarze Seele. Aber klug. Und beinah krankhaft egomanisch. Ich holte ihn in der Mittagszeit in der Redaktion des Blick-Feuilletons ab. Cassius ist dort bei der Auswahl der Gedichte, die man in unserem beliebten Boulevardblatt lesen kann, beratend tätig. Ich nahm ihn an die Leine. Schon im Fahrstuhl legte er los. Nur mit Mühe sei es ihm gelungen, ein Gedicht des persischen Dichters Abu Ishaq Atima in der morgigen Ausgabe zu verhindern. Einen Vierzeiler, wo in der Schlußzeile von sechs Scheiben Weißbrot und Safran die Rede sei. Wer interessiert sich morgens beim Zeitungslesen für Safran?

höhnte Cassius. Als wir die automatisch sich öffnende Tür hinter uns hatten und dabei waren, die Dufourstraße zu überqueren, gestand er offen, weshalb er etwas gegen persische, arabische und türkische Gedichte hat. Wir Hunde, sagte Cassius wütend, gelten nichts bei den Orientalen. Sie halten uns für Aas- und Unratfresser, lassen uns nicht ins Haus und sind vollkommen taub dafür, daß in unserem Bellen Prophetie verborgen ist. Sogar die Bibel spricht mißachtend von uns. Während dort jeder Esel mit Gott im Gespräch ist, gelten wir als tollwütig räudige Kreaturen, nach denen jeder mit Steinen werfen darf. *Schön bist du, meine Freundin, / Dein Haar gleicht einer Herde von Ziegen* singen die Dichter Palästinas. Was ist schon schön an Ziegenhaar? Schön ist Pudelhaar, wenn es gepflegt und in Fasson gebracht ist! *Dein Haar gleicht dem Schulterflaum des Königspudels* – das wäre Poesie, die man veröffentlichen sollte. Solange ich als Lyrikexperte walte, kommen mir die orientalischen Barbaren mit ihrem Safran und ihren Ziegen nicht ins Blatt!

Ich sagte nichts, ließ ihn schimpfen und lief ruhig neben ihm her. Cassius ist bekannt für seinen Hochmut, der hier einmal seine Quelle in der Intelligenz, nicht in der Schönheit hat. Er gilt als der gescheiteste Hund Zürichs. Ausführen darf ihn, wer durch Intelligenz nicht zu beleidigen ist. Cassius behauptet, er sei unbeliebt und habe wenig Freunde. Kein Mensch, der seiner würdig sei, kümmere sich um ihn. Ich überhörte die Beleidigung.

Den Utoquai überquerend kamen wir zur Seepromenade. Es ist schön am Zürichsee, selbst an Nebeltagen. Diese

Seepromenade ist der Laufsteg von Zürichs Hundeprominenz. Da wir in der Schweiz sind, mischt sich das Vornehme und das Vulgäre ziemlich krampflos. Du triffst hier Edles und Gemeines in kunterbunter Mischung. Es schnüffelt alles interessiert aneinander und läuft wenig beeindruckt weiter. Ich ließ Cassius frei, er drehte eine Runde über die Wiese, begrüßte einige Damen, die ihn gleich wieder langweilten, und kam zu mir zurück. Ich wollte von ihm erfahren, worauf jemand zu achten hat, der sein Leben in Gesellschaft eines Hundes verbringen will. Cassius fühlte sich als Experte in dieser Frage und holte aus, neben mir Schritt haltend.

Wenig Menschen sind dafür geeignet, einen intelligenten Hund neben sich zu haben, begann Cassius. Es herrscht in diesen Dingen die blanke Unwissenheit. Selbst Stanley Coren, der Hundeintelligenzprofessor aus Vancouver, entblödet sich nicht, lächerliche Auflistungen von Hunderassen gemäß ihrer Gehorsams- und Arbeitsintelligenz als Wissenschaft vorzusetzen. Sancta simplicitas! Als ob es im Leben eines gescheiten Hundes aufs Gehorchen und Arbeiten ankäme! Ich sollte mich darüber ja nicht aufregen, fuhr Cassius fort. Pudel stehen bei Coren an zweiter Stelle in ihren Intelligenzleistungen. Gleich nach dem Border-Collie. Euer helvetischer Lieblingshund, der Bernhardiner, findet sich auf Platz 65. Als der für intelligente Aufgaben ungeeignetste gilt ihm der afghanische Windhund, der uns dort gerade entgegenkommt. Schau ihn dir genau an. Kann ein dummer Hund seine Begleiterin durch Nichtbeachtung so intelligent strafen, wie unser afghanischer

Freund es eben tut? Unmöglich! Dieser aus dem Osten glücklich eingewanderte Kollege hat nicht nur Stil und Würde, er verfügt auch über den selektiven Scharfsinn im Übersehen all dessen, was die Welt häßlich und banal macht. Oder der Basset, der dem Herrn dort drüben nachtrottet. Steht bei unserem Professor, der von flüssiger und kristalliner Intelligenz bei Hunden faselt, auf Platz 71. Und ist ein großer und entschiedener Charakter auf kurzen Beinen! Was ist denn Charakter anders als Lebensintelligenz? Der Basset, ein Kollege, mit dem ich mich häufig hier auf der Promenade unterhalte, läßt sich nicht hetzen und nicht abordnen, bellt nicht würdelos in die Landschaft, rennt nicht ins Verderben mit seinen Schlappohren. Er hat Grips genug im Kopf, um sich Befehlen zu verweigern, um atemlose Jagden nach Phantomen sein zu lassen. Was unser Professor die adaptive Intelligenz nennt, ist die Dummheit der Unterwürfigen. Intelligent ist jener Hund, der die Menschen scharf beobachtet und aus dem unerklärlichen Verhalten dieser Wesen für sich und seine Art keine schädigenden Schlüsse zieht. Laß es dir sagen: Cosa rarissima! selbst in meiner Familie!

Wir waren vorne in Zürichhorn angekommen und liefen auf den Steg hinaus, wo die Touristenschiffe anlegen. Er war an diesem Mittag voll von Enten und Möwen und dem, was diese Tiere zurücklassen, wo immer sie landen. Unappetitlich, sagte Cassius. Laß uns umdrehen, und während wir zurücklaufen, erkläre ich dir, worauf man bei einem Hund mit Vorteil achtet.

Alles grober Schwachsinn, diese Einteilung in Jagdhunde, Hirtenhunde, Begleithunde. Die einzige zutreffende Einteilung, die uns Hunden bekannt ist, stammt aus dem Jahr 1922. Ein Prager hat sie durch teilnehmende Beobachtung und durch grenzenlose Einfühlung ergrübelt. Sein Freund hat die Aufzeichnungen später der Öffentlichkeit zugänglich gemacht, obwohl dem Autor nichts daran lag, daß die Menschen etwas über seine Hundegedanken erführen. Nach unserem Mann aus Prag, dessen Name der eines Vogels, nicht eines Hundes war, ist alles Wissen, die Gesamtheit aller Fragen und aller Antworten, in den Hunden enthalten. Die grundgütige Hundeschaft mit dem manchmal eintretenden Fall der Bissigkeit ist das Verstehensreservoir unseres Daseins. Hunde unterteilen sich seither wie folgt: Es gibt Lufthunde, Forscherhunde und Musikerhunde. Der Lufthund ist ein schwebendes Wesen, der Philosoph und Künstler unter den Hunden, mit etwas verkümmerten Beinen, dafür bellt er viel, viel zuviel, so als müßte er für seine Untauglichkeit und Nutzlosigkeit in allen praktischen Fragen die anderen Hunde um Verzeihung bitten. Warum der Lufthund letztlich das ebenerdige Leben aufgibt und, obwohl er seiner Mithunde bedürftig bleibt, über allem Wirklichen sich fliegend erhebt, ist ungeklärt. Diese Künstlerhunde sind nun mal da, sie schweben über unsere Köpfe und durch unsere Köpfe, sie vermehren sich, ohne daß wir das Wie und das Weshalb ihrer Fortpflanzung begreifen. Bisher hatte niemand für die Beobachtungen und Gedanken der Lufthunde die geringste Verwendung. Dennoch gehören sie dazu. Eine Welt ohne

Lufthunde wäre geradezu in ihrem Bestand gefährdet, in ihrer Zweckmäßigkeit verloren.

Unter dem Gesichtspunkt der Nützlichkeit sind selbstredend die Forscherhunde die wichtigsten. (Falls Du, liebe Verena, Cassius nicht glaubst, frage nur Deinen Mann!) Das Hauptgeschäft ihrer Nachforschungen besteht in der Nahrungsbeschaffung. Ihr Dasein rechtfertigt sich im Satz: »Hast du den Fraß im Maul, so hast du für diesmal alle Fragen gelöst.« Das forschende Nachdenken hat für die Hundeschaft große Bedeutung. So ist es allein der Forscherhund, der dem Durchschnittshund und dem neugierigen Straßenhund das Leben ermöglicht durch vernünftige Ratschläge. Sie lauten etwa: »Wer Speise hat, behält sie.« Oder: »Mache alles naß, soviel du kannst.« Denn die Feuchtigkeit ist die Voraussetzung allen Wachstums. Es laufen viele schlecht genährte Hunde herum. Ohne die Hilfe der Forscherhunde wären sie noch armseliger und verkommener.

Die dritte Hundefamilie ist die der Musikerhunde. Sie verkörpern in besonderer Weise die nur dem Hundegeschlecht verliehene Musikalität. Es ergreift mich immer ein Schauder, sagte Cassius, wenn ich die tiefe Musikverlorenheit bedenke, die uns Hunde auszeichnet. Sie prägt alle unsere Unternehmungen, ja selbst unseren Schlaf. Das Heben und das Niedersetzen der Füße, bestimmte Wendungen des Kopfes, unser Laufen und unser Ruhen: Alles ist Musik. Was ist ein redseliger Hund? Ein Virtuose der Musik. Warum legen wir unser Ohr einander an den Pelz? Um den Gesang unserer Körper zu

hören und um zu staunen, welche Harmonien sich da verborgen halten. Weshalb vergraben wir die Schnauze im Fell des anderen? Weil wir mit allen Sinnen die Hundeseele aushorchen wollen. Warum die ehrenvollen Beschnupperungen unter uns? Weil wir überall Unerhörtes vermuten, das wir in unser Hundewissen aufnehmen. Da kann es schon vorkommen, daß mein und dein Heulen sich in eins mischt und nicht mehr zu unterscheiden ist. Gibt es größeres Glück?
Cassius war so gerührt von seiner Beschreibung des musikalischen Hundes, daß er eine Weile gar nichts mehr sagte. Manchmal hörte ich ein Schlucken, als müßte er in seinem Innern mit einem großen Bissen fertig werden. Als wir uns dem Bellerive-Museum näherten, fragte ich vorsichtig: Und was gibt es über Mischlinge zu sagen? Cassius faßte sich gleich und sagte: Oh, das ist das Höchste überhaupt! Insbesondere der Mischling zwischen dem Forscher- und dem Musikerhund. Sie sind die Experten für die schwierigste aller Künste: die Kunst des die Nahrung herabrufenden Gesangs. Bei uns stehen sie in allerhöchstem Ansehen. Dennoch rate ich dir, fuhr Cassius fort, diese Magier, die Zaubersprüche aufwärts rufen, die Volksgesänge in die Lüfte klagen und dabei auf der Erde Sprungtänze aufführen, vorläufig aus deinen Betrachtungen zu streichen. Du wärst überfordert. Wenn ich dir raten darf: halte dich an den Musikerhund. Bei einem Musikerhund lernst du, den Klang aller Dinge zu unterscheiden. Wo andere nur Hecheln, Schmatzen und Knochenknakken hören, vernimmst du die Harfe der Hundeseele.

Wir waren wieder am Utoquai. Jetzt wußte ich es endlich: Ich brauche den musikalischen Hund. Dafür wollte ich Cassius ins Restaurant Frascati einladen. Er winkte ab. Cassius ernährt sich ausschließlich von »Spratts Hundekuchen« und trinkt Wasser. An meiner Schule, vor dreißig Jahren, gab es einen Mönch, der nur Polenta mit Käse aß. Auch er trank Leitungswasser und weigerte sich, mit dem üblichen Klosterfraß – dies seine Worte – sein eigenes Leben zu verkürzen. Er galt als sehr intelligent. – Ich brachte Cassius zurück ins Büro, wo Spratts Hundekuchen auf ihn warteten, vergaß die sechs Austern, die ich im Frascati essen, und das Glas Sancerre, das ich dazu trinken wollte. Dann ging ich nach Hause und kochte mir eine Polenta.

Wenn ich sicher wäre, daß Intelligenz ansteckend ist, würde ich Cassius häufig über Mittag ausführen, hinterher Polenta mit Käse essen und Hahnenwasser trinken. Doch ich zweifle noch. Wie es aussieht, werde ich, um weiter Austern zu essen und Sancerre trinken zu können, auf die permanente Anwesenheit eines Forscherhundes wie Cassius verzichten.

Das Treffen mit dem Bergamaskermischling ist für kommenden Montag vereinbart. Da dürfte sich einiges klären. Den musikalischen Bergamasker, das ist es, was ich suche. *Grigio* als Name für den Hund eines Graubündners wäre nicht schlecht. Allerdings ist kein Name richtig, bevor der Hund nicht sein eigenes Wörtchen dazu mitgeredet hat. Wenn Du es mir nicht glaubst, frage Deinen Forschermann.

Lieber Iso,

mit einer unvergleichlichen Grandezza bist Du über meinen letzten Brief hinweggefegt. Ich weiß, warum Dein neuer Ratgeber »Cassius« heißt. Du dachtest an Cassius Clay und seine Lederpranke, die in meiner Magengrube landen soll. Nichtbeachtung ist für böse Kinder, die den Sirup nicht mögen oder ihn gar wieder ausspucken, das Schlimmste. Dazu noch Dein kluger geliehener Pudel mit den Gewohnheiten der alten Peripatetiker.

Dein Privatissimum sollte umgehend der Schopenhauer-Gesellschaft zugänglich gemacht werden. Mir hat es heute morgen eine unvergeßliche halbe Stunde gebracht. Ich habe abwechselnd mein Ohr auf Nelkes Bauch, auf ihr Ohr und Gehirn gelegt, um mich den Melodien ihres Körpers hinzugeben. Wenn ich einen Komponisten nennen sollte, der aus Nelkes innerer Klangspur spricht, würde es mir schwerfallen, zwischen Gesualdo und Messiaen oder dem ganz gewöhnlichen Grummeln der Magensäfte die Wahl zu treffen. Ein dünnes Sirren, zarter als die vollmundige Amsel es formulieren kann, die gerade den Schnee anstarrt, der seit Stunden fällt, konnte ich bei bestem Ohr nicht hören. Daß sich Hunde nicht beriechen, wie der gemeine und ordinäre Mensch vermutet, sondern ihre inneren Stimmgabeln testen, damit sie sich auf ihre gegenseitigen Schwingungen einstimmen können, würde den Stand der Forschung radikal verändern. Zur Hölle

mit dem ahnungslosen Statistiker Stanley Coren und seinen Jüngern.
Von ihrem musikalischen Hund Schlapper hat mir meine Mutter oft erzählt. Schlapper war ein schwarzer Scotch Terrier. Er starb Jahre vor meiner Geburt. Bei Mozarts Es-dur-Sinfonie soll er vom ersten bis zum letzten Ton gewedelt haben, alle anderen Mozart-Sinfonien verschlief er. Unsere »Schläppchensinfonie« stammte noch aus den Zeiten des Grammophons und war stark verkratzt. Auch ich hatte ein Grammophon. Ein nicht besonders frommes Geschenk. Ich bekam es zur 1. Hl. Kommunion, die ich als einzige in einem geliehenen langen Kleid zu mir nahm und, wie die Fotos deutlich zeigen, dabei aussah wie ein unrettbar gefallener Engel. Zusammen mit dem Grammophon schenkte mir meine Mutter den Schlager: »Was kostet das Hündchen im Fenster, ach, geben Sie mir's doch schon her« und den »Kaiserwalzer«. Das Grammophon war ein quadratischer purpurroter Kasten, dessen Laufwerk bald kaputtging, was mich nicht störte. Ich drehte die Platten mit dem Zeigefinger. An die ziehenden Klänge des »Kaiserwalzers« erinnere ich mich gut. All meine Kniestrümpfe verschwanden im Trichter, denn anders war die Lautstärke nicht zu regulieren.
Fein und elegant, wie es Dir und dem Umgang, den Du suchst und immer findest, zukommt, denkst Du beim musikalischen Hund nicht an die Töle, die den Mond anbellt, nicht an Bonny und Larry, die auf den Befehl: »Singt ein Lied!« ein herzerweichendes Duett hinlegten, das noch ein bißchen großartiger wurde, wenn ich selbst

mitsang, nein, eigentlich bestanden sie darauf, daß mitgesungen wurde. Im großen Gegensatz zu Dir kann ich nicht singen. Meine Musiklehrerin geriet mit mir an ihre Grenzen. Das Vorsingen vor der Klasse lehnte ich ab, das Vorsingen nach der Stunde, allein mit der Lehrerin am Klavier, ebenso. Eine Blockflöte sollte meine Blockade lösen. Nach der zweiten Stunde ließ ich sie absichtlich in der Straßenbahn liegen, ihren ekligen braungesprenkelten Kasten, in dem das Ding wie eine Mumie in ein gelbes Staubtuch eingewickelt lag, werde ich nie vergessen. Frau Menzel gab mir in Musik eine »unbefriedigend«. So hatte ich guten Grund, den Mund zu halten. Ich sang nur mit Bonny und Larry. Oder Bonny und Larry sangen nur, weil ich sang. Sie konnten meine ungelenken Töne wahrscheinlich genausowenig ertragen wie das Martinshorn und sangen, um mich nicht hören zu müssen. Im Jaulen und Heulen waren wir drei ein Herz und eine Seele, so, wie es Dein Cassius in seinen überaus gewählten Worten beschrieb.
Wenn ich richtig verstanden habe, was Du über den Forscherhund schreibst, taugen für diese Aufgaben nur die Rüden. Sie machen naß, soviel sie können, Weibchen betreiben mit dem Wasserlassen nicht so viel Aufwand. Das ist bei den Menschen ähnlich. Müßte man die Beschreibungen des Wasser-Abschlagens aus den Literaturen der Welt entfernen, ich hätte endlich wieder Platz im Regal. Zur Nahrungsbeschaffung taugen Hündinnen besser. Sie besitzen eine kreative Phantasie. Wenn die zehn Jäger aus Harheim, die heute im Schneetreiben in gerader Linie

Aufstellung nahmen, den Blick unter ihren Jägerhüten starr aufs freie Feld, auf dem kein anderes Lebewesen als ein Jogger in kirschrotem Anzug zu sehen war, gerichtet, doch den einen Hasen geschossen und ihn auf dem Acker liegengelassen haben, weil ihnen ein einziges totes Tier kein Halali wert war, wird Nelke das Tieropfer heute nachmittag apportieren. Was sie damit machen wird, weiß ich noch nicht.

Da fällt mir ein, daß Du, ein Reisender, Dich vorsorglich bei der Schweizer Bahn nach dem Hundeticket erkundigen solltest. Die Bahnler setzen hier bei uns Hund gleich Kind: Frankfurt–Berlin = 89 Mark, ohne jedes Anrecht auf einen Sessel oder ein Abteil »Herr/Frau und Hund« und ohne die Erlaubnis, sich im Speisewagen vom Mitropa-Team mit Herzhaftem aus deutschen Landen verwöhnen zu lassen. Die reisenden Hunde dürfen nichts, nicht bellen, nicht schnappen, sich nicht flöhen, nicht frei rumlaufen, nicht aufs Klo gehen, sie müssen nur zahlen. Geld spielt keine Rolle, wirst Du mir entgegenschmettern. Wenn ich Dir aber doch einen ganz praktischen Rat geben darf, mit dem Cassius seine hohe, sensible Intelligenz nie und nimmer belastet und den wahrscheinlich auch Du mit einem spöttischen »bah« von Dir schieben wirst: Kaufe keinen zu großen Hund. Hunde steigen sehr ungern die Stufen hoch ins Abteil oder in die Tram. Wenn Du Deinen Hund tragen kannst, fällt diese Hürde weg.

Sonderbarerweise scheinen musikalische Menschen die Konkurrenz von musikalischen Hunden zu fürchten.

Karajan mit Pudel Cassius am Pult, Abbado, Celibidache, Cambreling? Sylvia McNair mit ihrem Windspiel in der Met? Mir fällt nur ein einziger Anknüpfungspunkt ein: der Jack-Russell-Terrier von »His Masters Voice«, das Markenzeichen von Electrola.

Ich glaube, es gibt eine weitere Kategorie, die Dein Cassius in seinem übermütigen Eifer und seiner Selbstüberschätzung vergessen hat: Die Hunde, die sehen, die ein gutes Bild von einem schlechten, eine schöne Landschaft von einer langweiligen, ein wohlgeformtes Paar von einem weniger schönen, ein gelungenes Stilleben von einem Schmachtfetzen unterscheiden können. Die Maler haben diese sehenden Hunde stets belohnt. Sie haben sie mit Hingabe verewigt. Ich könnte mir an Deiner Seite (ich weiß, Du traust nicht mir, sondern nur dem hohen Rat der Zürcher Hundeelite) ein weißes Knäuel mit den spitzen Ohren vorstellen, das Carpaccio zum Schutz des Heiligen Augustinus in dessen aufgeräumte, mit so vielen klugen Dingen vollgestellte Studierstube gesetzt hat. Oder der nackte Kleine, dem Carpaccios venezianische Kurtisane die Tazte hält, was dem Maler die Gelegenheit gab, ihren Brustansatz freizügig offenzulegen. Bassanos Hunde sind, wie die von Veronese und Tiepolo, große gescheckte und dekorative Tiere (in der Rätischen Bahn geht das nicht). Auf Tizians großartigem »Bacchus und Ariadne«-Bild habe ich vor dem linken Huf des bocksfüßigen Baby-Pan, der im Begriff ist, mit seiner Schleuder irgend jemand im himmlischen Troß eins auszuwischen, den wunderbarsten schwarzen Hund mit weißen Füßen

und kardinalrotem Halsband entdeckt, der mir viel besser als der alberne braun-weiße Spaniel gefällt, den Tizian Eleonora Gonzaga della Rovere zur Seite gegeben hat. Überdies sieht die Dame ziemlich angestrengt aus. Und Francesco Guardi wußte, daß und wie Hunde miteinander »musizieren«. Nase an Nase auf geht's, direkt auf den Markusplatz: Do, re, mi, fa, so, la, ti, do.
Suche weiter, sieh Dir Tizians Bacchus-Hund an und glaube den Einflüsterern nicht jedes Wort. Musik berauscht die Seele, aber das genügt nicht. Sie ist auch auf Bilder angewiesen, damit sie sich selbst erkennt und nicht starr wie Canovas in Marmor gehauene Psyche wird.
Nelke schaut aus dem Fenster. Sie möchte raus. In der tiepolorosa hereinbrechenden Dämmerung vermutet sie den Hasen, den die Jäger heute morgen nicht schießen konnten, weil er sich im Laub hinter dem großen Haufen Pferdemist verbuddelt hatte, bis Nelke ihn vorhin aufstöberte. Der Hase raste gegen einen Zaun, blieb ein paar Sekunden starr und flüchtete, während mein Jagdhund wie ein Pfeil in die falsche Richtung über die mit Schnee gepuderten Furchen des Ackers schoß.

Liebe Verena,

Du hast mich mit Deinem Brief in Entscheidungsnotstand gebracht. Eigentlich war ich meiner Sache sicher: einen Bergamaskermischling und nichts anderes! Jetzt kommen diese venezianischen Hunde des Vittore Carpaccio daher, und schon schwanke ich wieder. Als ich vor dreißig Jahren als wandernder Scholar den Hund des Heiligen Augustinus in der Scuola S. Giorgio degli Schiavoni in Venedig entdeckte, war ich geblendet von soviel Aufmerksamkeit, die man den Worten eines Kirchenlehrers leihen kann. Während meiner ganzen Studienzeit hing, mit einem Reißnagel befestigt, eine Abbildung dieses Hundes über meinen wechselnden Schreibtischen. Vermutlich nur, weil ich damals der Hund des Heiligen Augustinus sein wollte, während dieser in seinem Studio in Karthago über die Geheimnisse der Zeit nachdachte. – Später kam ich wieder nach Venedig. Und noch einmal entdeckte ich Carpaccio-Hunde, diesmal im Museo Correr. Lebenserfahrung hatte mich gelehrt, daß die Freuden des Daseins nicht allein in Studierstuben, sondern auch in anderen Etablissements verborgen sind. So hätte ich diesmal gern jener Kurtisane gehört, welcher der kleine Bastard die rechte Pfote in die Hand legt, während sie mit einer Peitsche einen bissigen Windhund in Raufspiele verwickelt. Ach diese herrlichen, schlauen Dogenbräute, wie sie lässig und lasziv zwischen Papageien, Tauben, Perlhühnern und Spielhunden auf Kundschaft warten! Nirgends haben sie es so weit gebracht wie in Venedig. Sind nicht sie später die Lehrmeisterinnen Casanovas geworden? Ein in Ausschweifungsangelegenheiten nicht zugriffsscheuer Weimarer Dichter hat von ihnen sehr profitiert. Kannst Du verstehen, daß bei diesen Damen in ihren schweren Satinkleidern jeder Klosterschüler einmal Schoßhund gewesen sein will? – Tempi passati! Da man Carpaccios Hunde heute weder in Studierstuben noch in Bordells findet, vertrödelt man nur nostalgisch seine Zeit, wenn man solchen Idealwesen nachsinnt, die gleichzeitig die Ermunterung denkender Weisen und die Kurzweil wartender Kurtisanen waren. Zurück also zu meinen Bergamaskern.

Ich rief die Schäferei im Mittelland an. Keine Antwort. Warum die Bergamasker nicht dort suchen, wo sie seit Jahrhunderten heimisch sind?

Als der Zürcher Amtsschreiber Heinrich Waser um 1620 auf dem Julierpaß an einem heißen Sommermittag zu rasten beschließt, bevor er weiterzieht ins Veltlin, wo sein Freund auf der Strafpfarre von Berbenn den rechten Glauben predigt, hört er Hundegebell. Es sind die zwei zottigen Begleiter des Bergamaskerhirten, die den Herrn Waser entdeckt haben. Hirten aus der Bergamo-Region gibt es heute kaum mehr in Graubünden. Ihre Hunde aber sind geblieben. Zur Freude der Bündner sind sie heimisch geworden und zählen zu den hilfreichsten im Alpenraum, wenn es gilt, mit Schafen, Ziegen und dummen Rindern im Gebirge fertigzuwerden.

So fuhr ich am vergangenen Samstag zu Göri und Seraina ins Oberengadin. Seit Jahren halten sie Bergamaskermischlinge. Göri holte mich in Samedan ab. Um zu seinem Haus zu kommen, muß man die Start- und Landepiste des kleinen Flughafens der feinen Leute von St. Moritz überqueren. Auf Göris und Serainas Hof gibt es Pferde, Kühe, Ziegen, Schafe, Schweine, Hühner, Katzen – und eben Bergamasker. Bis vor einem Jahr waren es zwei. Jetzt ist nur noch Lizza da. Ihr Bruder Gil, von einer heißen Dame um den Verstand gebracht, vermochte zwar allen landenden Flugzeugen auszuweichen, nicht aber einem rasenden Autofahrer, dem er aus Rücksicht auf die Dame die Vorfahrt nicht gewähren wollte. Es war ein trauriger Tag auf dem Hof. Lizza sei seit dem Verlust ihres Bruders ruhiger und melancholischer geworden. Gegenwärtig trägt sie ein zottiges, bräunlich-graues Winterfell. Ihre Pfoten sind ganz weiß. Sie ist zurückhaltend, beinah scheu, aber immerzu wachsam. Sie liebt die Gesellschaft von Menschen und braucht sie doch nur halb. Eines aber haßt sie, weil es sie krank macht seit ihren Kindertagen: Autofahren. Lizza ist die Sanftheit in Reingestalt. Man muß ihr mit der Hand durch ihre Winterwollkrause am Hals gefahren sein, um zu begreifen, was Sanftheit ist.
Du wirst sagen: Der typische Anfänger! Erliegt dem Charme der erstbesten Hündin! O nein. Die Geschichten mußt Du hören, die Göri und Seraina über Lizza erzählen. Wie Göri es fertigbrachte, ihr allein durch Zuwendungsentzug die Treibjagden nach Steinböcken

abzugewöhnen. Lizza wollte offensichtlich auch die Steinböcke für den Hof gewinnen. Oder wie sie stundenlang auf Muottas Muragl neben Serainas Pullover wartet, ohne je die Geduld zu verlieren und auf dumme Gedanken zu kommen, bis einer der beiden kommt und sie vom Auftrag entbindet und von der Treue erlöst. Oder wie Lizza, ein Täschchen am Halsband, Nachrichten von Göri an Seraina bringt, die kilometerweit hinten im Tal bei den Tieren ist. Und wie sie – Mercurio femmina! – wieder zurückkehrt mit einem Liebesgruß im Halsband. Für verlorengeglaubte Schafe, die sie wieder heil aus den Felsen zur Herde zurückbrachte, gehört sie ins Guinness-Buch der Rekorde.

Am unglaublichsten jedoch ist, wie Lizza mit den Tieren auf dem Hof umgeht. Kälber, Pferde und Katzen eingeschlossen. Reiten die Töchter des Hauses aus, geht Lizza mit, wegweisend den Pferden voran. Schickt man sie vom nächsten Dorf aus vorzeitig nach Haus, kehrt sie zum Hof zurück, ohne beleidigt zu sein. Die Pferde scheuen nicht vor Lizza. Die Hühner gackern ihretwegen nicht hysterisch herum. Die Kälber machen keine sinnlosen Sprünge mit den Hinterbeinen, wenn Lizza den Stall betritt. Kommt sie ins Haus, freuen sich die Katzen und schmiegen sich mit hochgestelltem Schwanz an ihr Fell. Der Hund, der in Noahs Arche im Gemenge aller Tiere die Sintflut überstand, muß Lizzas Charakter gehabt haben. Wenn man über sie spricht, wird sie verlegen wie eine alte Jungfer, der es peinlich ist zu hören, daß man ihre Vorzüge preist. Als wir in der Küche saßen, Ri-

sotto aßen, Bordeaux tranken und Göri und Seraina dazu Lizza-Geschichten auftischten, kroch sie unter die Bank, verschämt, doch die Ohren aufmerksam gespannt.
Lizza ist auf dem Hof, was der Fernsehstar Rex im Wiener Polizeirevier zu sein scheint: unentbehrlich. Sie hat nur eine Schwäche. Ums Leben gern nascht sie Ziegenschokolade. Da die Muttertiere auf dem Hof nicht gemolken und die Jungtiere ausschließlich mit Milch ernährt werden, sammelt Lizza fleißig alle braunen Pralinen ein, die die Zicklein im Stall generös fallen lassen. Und beweist noch mit ihrer Schwäche höhere Vernunft: keine Vergeudung wertvoller Nährstoffe!
Wie Du Dir denken kannst, hat die Begegnung mit Lizza für mich eine fatale Folge. Mir wurde klar, daß ein Bergamasker mit Menschen allein niemals auskommt. Er braucht Tiere. Und nicht zu knapp! Lizza in der Stadt? Völlig undenkbar. Es wäre, als würde man dem Papst seine Kurie wegnehmen.
Lizza ist ein Genie der Zwiesprache. Was sie an Gesprächstherapien für die Hofbewohner alles beherrscht, ist beachtlich. Für die Hühner rezitiert sie zur Beruhigung französische Alexandriner, den Katzen flüstert sie Balladenstrophen in orientalischem Ton ins Ohr. Mit deutschen Stabreimen korrigiert sie das kurzatmige Gemecker der Ziegen, und mit dem englischen Blankvers bildet sie die nuschelnden Schweine weiter. Den angstgeplagten Schafen singt sie pietistische Lieder vor. Die Kälber bekommen spritzige italienische Canzonetten zu hören, und am Nachmittag macht sie eine Plauderstunde mit den

alten Pferden, auf altgriechisch und in Form platonischer Dialoge.

Bergamasker sind die vierbeinigen Meister der Konversation. Nur unter Menschen verstummen sie. Ich glaube, Lizza erbettelt nur eines: Laßt mich bei den Tieren!

Als ich spätabends nach Zürich zurückkehrte, wußte ich es. Bergamasker sind von der Liste meiner künftigen Begleiter zu streichen. Es sei denn, ich werde Bauer und Hirt wie Göri und Seraina.

So bleiben mir noch Schnick, Schnap und Max. Das heißt Stadthunde und Kaffeehaushabitués. Oder weißt Du Besseres?

Lieber Iso,

Du bist ein gütiger Alpinist, komfortabel ausgepolstert mit der Ruhe der Berge, geübt im Betasten knorriger Arvenwurzeln und im Streicheln des Schnees. Du kennst die dünne Luft und warst in Deiner Jugend den Wolken näher als der europäische Durchschnittsmensch. Alle versteckten oder offenen Hinweise auf Deine Lehrzeit als Scholar der Mönche habe ich als glückliche Zeichen gelesen, auch die aus dem letzten Brief. Du phantasierst über Carpaccios Hündchen und die schlauen Dogenbräute. Da erkannte ich Deinen hochfahrenden Kopf, der Klerus und Kurtisane im Nu verbindet, ich erkannte aber noch etwas anderes. Immer wenn Du mit Deiner Hand das Fell eines Hundes berührst, fällst Du in Trance. Die »Winterwollkrause« einer Bergamaskerin bringt Wellen der Sanftheit in Dir zum Schaukeln, ein Teich des Glücks breitet sich aus. Man kann daraus viel schließen, ich will das lassen, obwohl es Spaß machen würde, und Dir meine Erleichterung mitteilen, daß schönes Fell und schöne Stimmung Dich nicht blind gemacht haben: Du hast den Widersinn erkannt, ein Tier in die Stadt zu entführen, das nur in den Bergen glücklich ist.
Denke nur an Giacometti. Er lebte in Paris, aber er »schöpfte« aus Stampa. Seine große Kunst ist aus dem grauen Stein seiner Kinderlandschaft entsprungen. Auch sein berühmter schreitender Hund, der so dünn ist wie

Nelke nach drei Wochen Hundepension bei Familie Schuster, übrigens Züchter von Berner Sennenhunden. Giacometti hat sich im Geist wohl nie von zu Hause entfernt. Sein spartanisches Atelier in Paris muß wie eine Hütte in Stampa ausgesehen haben. Nur mit dem Allernotwendigsten möbliert. Seine »bergamasker« Locken hatte ihm seine Mutter vererbt, Du kennst Cartier-Bressons Mutter- und Sohn-Bild.
Nelke mauerte zwei Tage, sie fraß fast nichts, wedelte nicht, ignorierte uns und alle zur Begrüßung herbeigelaufenen Hasen. Frau Speier, eine Wiesen- und Hundebekanntschaft, schaute uns gestern empört in die Augen. Einen solchen süßen Hund ins Heim geben! Sind Sie nie im Kinderheim gewesen, fragte sie biestig, und, na, Sie wissen's doch noch, wie's war, schrecklich, aber Ihrem kleinen niedlichen Hund tun Sie das ohne sich zu schämen an! Ich nehme die Nelke das nächste Mal zu mir, sagte Frau Speier und machte mit Lenny, ihrem kastrierten Golden Retriever, der mit Sauerkraut und Huhn ernährt wird, entschlossen und zackig kehrt.
Heute morgen ist Nelkes Winterfell gefallen, eine Plastiktüte voll. Ich werde es draußen hinlegen, damit die Vögel sich selbst bedienen können und mit Nelkes rotem Garn ihre Nester farblich schön und im Grün des Frühjahrs beruhigend ausgewogen ausstatten, weiche und schmiegsame Schlaraffia für die Kleinen. Nach der Schur ist kein Sofa vor Nelke sicher, sie kann zittern wie das berühmte Espenlaub, wenn man sie vom Sofa bugsiert.
Um noch einmal auf den Land- und Stadt-Hund zurück-

zukommen. Als wir vor ein paar Wochen Nelke mit nach Berlin nahmen, hat sie zwar sofort das weiße lebensgroße Schlaftier, das auf irgendeiner Kirmes der Hauptpreis gewesen war, akzeptiert und über das Parkett der großen Berliner Wohnung geschleift, Nelke war aber nicht zu bewegen, irgendwo zwischen Ku'damm und Savignyplatz ihre Haufen hinzusetzen. Sie hielt drei Tage durch, bewegte ihr immer unförmiger werdendes Hinterteil nur noch im Entengang, schloß sich der Tochter des Hauses an, begrüßte uns nachts mit langsamem Wedeln und zog sich nach dieser müden Höflichkeitsbezeugung sofort ins Kinderzimmer zurück. Natürlich würde sich Nelke mit der Zeit an das schreckliche Stadtleben gewöhnen, an die Hundeklos und all die anderen städtischen Gepflogenheiten. Im sauberen Zürich mußt Du wahrscheinlich eine große Thermoskanne Spülwasser bei den Spaziergängen mitschleppen. Aber das soll Dich nicht entmutigen, und was sind solch kleine Dinge verglichen mit der Freude, einen schweigenden Zuhörer zu haben, der die Weisheit in den Augen hat, eine Weisheit, die immer so viel verspricht, wie der Hundefreund selbst psychisch vertragen kann. Diese milde, rücksichtsvolle Form der Kommunikation ist das eigentliche Glück des Hundebesitzers, kein Geheimnis der Ohren, sondern ein Geheimnis des Blicks. Du kannst also getrost an Kaffeehaushunde denken, an geduldige Zeitungsleser und Kuchenkrümelsammler, an gesellige Schnarcher und freundliche Schläfer, an Tiere ohne Papier und Stauballergie.

Aber mehr noch als einen Kaffeehaushund brauchst Du

wohl einen Kongreßtiger. Ein Tier, das ruhig hinter dem Pult liegt, Dir kurz über die Knöchel leckt, wenn Du vor dem Vortrag nervös mit den Füßen scharrst, ein Tier, das angenehme Wärme in Deine Hosenbeine bläst und damit Deinen Geist, sollte dies ausnahmsweise einmal nötig sein, anfächelt und wieder aufwirbelt zu den gewohnten Steigungen.
Natürlich darfst Du nicht vergessen, daß Dein Hund wachsam Deinen Kritikern gegenüber zu sein hat. Vorwitzige Diskutantinnen (siehe Dante-Kongreß), die mit frechen Einwürfen die schönste Ruhe und das seligste Selbstbewußtsein stören, müssen durch eindringliches Bellen aus der Fassung gebracht und wieder zur guten Besinnung zurückgeführt werden. Ja, Du solltest Deinen Hund »Congressi« nennen, er wird von Badenweiler bis Bad Ragaz, vom Hotel Römerbad bis zum Schweizerhaus, eine Berühmtheit werden. Statt eines Glöckchens werde ich ihm die »Göttliche Komödie« im Daumenformat ans Halsband hängen, damit »Congressi« seine Nase darauf legen kann. Ach, die Nase! Darüber müßten dicke Bücher geschrieben werden. Die Nase ist die Satellitenschüssel des Hundes. Sie sieht nur sehr viel schöner aus. Damit empfangen sie alles, vom Porno bis zur Tragödie!
Das ist Nelkes große tragisch-komische Nummer: 1. Akt: Hund riecht Hasen, Hund rast los. 2. Akt: Hase hängt Hund mit dem berühmten Haken in null und nichts ab. Hund läßt die Ohren hängen. Vorhang.
Ab und zu mußt Du aber die Steinschluchten und Kaffeehausterrassen mit »Congressi« verlassen. Ein Hund

muß von Zeit zu Zeit saftige, feuchte, vom Regenwurm durchwühlte Erde auf der Nase spüren, sonst verliert er die Bodenhaftung. Ein Hund soll er doch bleiben, bei all der Literatur.

Ich warte, Du suchst.

Liebe Verena,

von Kongreßhunden bin ich geheilt. Ich brauche den kombinierten Schreibtisch- und Restauranthund. Schwimmen muß er nicht können, ich werde aus Solidarität auf Schwimmbadbesuche verzichten. Die innere Uhr aber muß bei ihm nachgehen können, weil Verspätungen zu meinem Lebensstil gehören. Andere Hunde darf er nicht beißen, ich beiße auch keine Menschen. Dafür darf er jeden fürchterlich verknurren, der von mir Dinge will, die ich nicht will.
Mit diesen klaren Vorgaben bin ich nochmals über die Bücher. Nach meinen Abklärungen sind die Nachkommen von drei bekannten Stadthunden die heißen Anwärter auf einen Platz an meiner Seite. Sie leben heute auf Jalta, in Prag und in Wien.
Der erste Vorfahre meines künftigen Lebensbegleiters könnte Schnap sein. Schnap (gelegentlich auch Schnaps genannt) ist in Moskau aufgewachsen. Hat schon in jungen Tagen einiges mitgemacht, weil sein Herr viel auf Reisen war. Wenn er aber in Moskau war, durfte Schnap sogar mit auf die Theaterprobe. Er bellte dort hemmungslos, wenn Stanislawskij bei Szenen auf dem Land Schellengeläut und Grillenzirpen einsetzte. Weil dieser platte Realismus auch seinem Herrn mißfiel, blieben Herr und Hund daraufhin den Proben fern. Im Februar des Jahres 1904 ging Schnap mit auf die Reise nach Jalta. Sein Herr

war ziemlich krank und brauchte milderes Klima, als es der Winter in Moskau bietet. Schnap erwies sich nicht nur als urban und im Theater von kritischem Verstand, sondern auch als reisetüchtig. Auf Jalta begann er sogleich mit den Provinzhunden zu spielen und bellte dazu in der südlichen Luft im Baß, wie sein Herr vermerkt. Der in Moskau verbliebenen Frau, die er liebkosend »Mein kluges graues Hündchen« nennt, teilt der Meister mit, er halte Schnap nicht für sonderlich klug, sogar für ein bißchen dumm. Das war aber nur Schnaps provinzielle Verstellung. Denn wenn er nicht draußen war, lag er im Arbeitszimmer seines Herrn, die Hinterpfoten ausgestreckt, und das war klug. Abends, wenn der Herr sich mit seinen Verlegern brieflich herumstritt, schlief Schnap im Sessel ein. Am Unnützen und Ärgerlichen wollte er nicht beteiligt sein. Schnaps Schwäche war der Magen. Ich vermute aus purer Sympathie mit dem Meister. Dieser durfte sich tagelang nur von Suppe und Eiern ernähren. So beschloß Schnap, aus Mitgefühl mit seinem leidenden Herrn sich jeden Tag zu übergeben. Zur Erholung ging er mit Arsenij, dem Knecht der Familie, auf den Markt. Am liebsten aber ließ sich Schnap mit seinem Herrn fotografieren. Da konnte er in die Kamera blicken, daß man ihn in Moskau für gescheit halten mußte. Schnaps Spur verliert sich, als sein Herr Jalta verläßt, um über Moskau und Berlin nach Badenweiler zur Kur zu fahren. Dort stirbt der Meister an Asthma und Herzschwäche zusätzlich zum verdorbenen Magen. Kein Biograph hat meines Wissens dem Schicksal Schnaps danach eine Zeile gewidmet. Dabei weiß man, wie elend Hunde zugrunde gehen können, wenn sich ihr Herr von ihnen entfernt. Nach dem Drehen von »A Dog's Life« mußte Chaplin verreisen. Der Hund Mut, ein Hauptakteur des Films – er heißt dort Scraps –, hatte Chaplin während der Drehzeit so liebgewonnen, daß er nach dem Weggang seines Herrn das Fressen verweigerte. Das war im März 1918. Als Chaplin einige Wochen darauf nach Hollywood zurückkam, war Mut tot. Auf dem Studiogelände steht ein kleines Denkmal mit der Inschrift: »Mut, gestorben am 29. April – an gebrochenem Herzen.« – Ich hoffe, daß Arsenij und der Markt von Jalta Schnap über den Trennungsschmerz hinwegretten konnten. Mein Plan ist es jedenfalls, mich im Sommer nach Jalta einzuschiffen, um unter den Hunden der Uferpromenade nach Schnaps Nachkommen zu forschen. Da es fotografische Ausweispapiere von Schnaps gibt, dürfte die Identifizierung leicht sein.

Meine zweite Option wäre der Stadthund aus Prag. Während das genetische Material des Russen vorteilhaft durchmischt ist, handelt es sich beim in Frage kommenden Pragerhund um einen struppigen und finsteren Stallpinscher. Er heißt Max. Sein eigentlicher Name ist Fox, denn zum Namen Max kommt er mangels eines besseren Einfalls, nachdem er seinem rechtmäßigen Besitzer, dem Herrn Oberst Friederich Klaus von Zillergut – beim Regiment unter dem Namen Mannlichertrottel bekannt – entwendet worden ist. Die beflissene Offiziersordonnanz, die dem Oberleutnant Lukasch einen Hund besorgen soll, weil der Krieg in Gesellschaft eines ergebenen Tieres nicht so schlimm erscheint, hat Erfahrung mit Hunden. Laßt den treuesten Hund eine gebackene Pferdewurst schnuppern, und er ist verloren, sagt er sich. Manche Hunde allerdings sind verzärtelt und verwöhnt wie der Erzbischof. Mit gekochter Leber wird Max schließlich doch gekapert. Dem Soldaten gelingt es in kürzester Zeit, aus dem Fox des Herrn Oberst einen Max des Herrn Oberleutnant zu machen. Max, gibs Pfoterl! Was macht Fox? Er hebt sein Pfoterl, vielleicht aus Freude am neuen Namen. Mit warmer Leber vor der Schnauze findet sich der Hund mit der Versetzung in die niederen Ränge der Offiziersgesellschaft ab. Am ersten Abend sind Hund und Ordonnanz bereits gute Freunde. Der ist gescheit, sagt der brave Soldat, das ist ein Jesuit von einem Hund! Man erkennt gleich, in Prag haben Hunde viel vom Klerus. So ein schnell begreifender Stallpinscher aus der Moldaustadt, der einen Riecher hat für das, was von ihm erwartet wird, wäre wohl nicht die falscheste Anschaffung. Was denkst Du? Die Affinität des Pinschers zum Militär ist zwar nicht sein sympathischster Zug. Doch seine Erziehung in einer Hochburg des barocken Katholizismus und seine daraus resultierende jesuitische Wendigkeit machen ihn zu einem ernsthaften Kandidaten für mich. Vielleicht bestehen die Nachkommen von Max – der übrigens nach wenigen Tagen wieder zurück zum trotteligen Oberst muß und fortan wieder Fox heißt – nicht mehr auf gekochte Leber und gebackene Pferdewurst. Auch in Prag sind westliche Ernährungsweisen für

Hunde heimisch geworden. Die Hersteller von speziell gesunder Tiernahrung verdienen sich blau an der Hundeliebe der Prager. Auch wäre Prag zur Besichtigung von Maxens Nachkommenschaft nicht so weit entfernt wie Jalta. Andererseits: ein Stallpinscher in einer Zürcher Wohnung, ich weiß nicht recht! Fest aber steht: Max ist ein echter Stadthund, sogar ein Hauptstadthund, und somit verfügt er über Qualitäten, die einem Hund in Zürich ebenfalls gut anstehen könnten.
Die größte hündische Attraktion kommt aber aus Wien. Seitens eines Kaffeehaus-Spezialisten namens Schnick. Sein Herr glaubte, daß der Mensch im Verkehr mit den Mitmenschen zwischen zwei falschen Extremen schwanke, nämlich zwischen kalter Distanz und stilloser Fraternität. Deshalb hielt er sich zur Erreichung der richtigen Balance einen Hund. Er entdeckte sogar den Salathund. Wie Du weißt, verabscheuen Hunde Salat. Es sei denn, man setze einem anderen Hund, einem Konkurrenten um Fraß und Zuneigung, Salatblätter vor. So erreicht man, daß der Hund gierig Salat verschlingt. Hunde ähnlichen Charakters – Schnick war ganz anders – nannte er Salathunde. Für den unverbesserlichsten Salathund hielt Schnicks Herr den Menschen. – Hier soll aber nicht vom Herrn, sondern vom Hund die Rede sein. Als Schnick starb, gab es den schönsten Nachruf, den ein Wiener Literat je für einen Bewohner dieses Planeten geschrieben hat. Den Nachrufen ist bekanntlich nicht zu trauen. Bei Hunden darf man aber eine Ausnahme machen. Wir erfahren, daß, wo immer Schnicks Herr ohne seinen Hund

auftauchte, sofort jemand beunruhigt fragte: »Wo ist Schnick?« Schnick hatte nach verbürgter Aussage ein philosophisches Wesen. Alles Erschnüffelte hat er für sich behalten. »Er besah sich die Welt und hielt das Maul. Er verschmähte es, durch dünkelhaftes Getue mit dem, was er im Buch der Natur gelesen hatte, sich bei einer niveaulosen Hundeschaft in Ruf zu setzen«, heißt es im Nachruf. Mochte Schnick jemanden nicht, zeigte er dies auf kühle, höfliche Art. Nicht mit Heulen und Zähneknirschen. Er war klein und zart und »in Lauf und Haltung von einer windschiefen Grazie«. – Ich kann ihn mir so gut vorstellen, diesen feinen, zurückhaltenden Schnick, der auch inmitten der Extravaganzen der Herren Literaten nie die Ruhe und die Contenance verliert. Meinst Du nicht, ich sollte zuallererst nach Wien fahren, um im Café »Havelka« und an anderen einschlägigen Orten aufgrund von windschiefer Grazie die Nachkommen von Schnick ausfindig zu machen? Je mehr ich die Sache überlege, ein Sprößling der Familie Schnick könnte die Ideallösung für mich sein. Du mußt bedenken, daß ich in Zürich einen Hund brauche, der in den hiesigen Stadtcafés gegenüber den zweit- und drittklassigen Literaten nicht ausfällig wird. Der nicht jeden Angeber, der gerade die erste Kurzgeschichte in einem Journal unterbringen konnte, verachtungsvoll verbellt. Schnick wäre ein Hund, den ich sogar nach Klagenfurt zum Bachmann-Wettbewerb mitnehmen könnte. Er würde sich im Urteil weder durch blendende Autorinnen noch durch funkelnde Kritikerinnen beirren lassen.

Die Entscheidung zwischen Jalta, Prag und Wien fällt mir nicht leicht. Ich werde aber erst einmal nach Italien fahren, um mit toskanischer Frühlingsluft die Wintergrillen aus dem Kopf zu blasen. Bitte schreib mir nach Caggiolo, was Du von meinen Stadthunden hältst.
Schwer machen es die Hunde dem Menschen, der umsichtig seine Lebensbegleitung plant. Verdammt schwer!

Lieber Iso,

Dir ist die Nervosität des Suchenden anzumerken, der unruhig rasende Blick, der hüpfende Puls. Ich ahne, wie Du um die spitzwinkligen Ecken der Zürcher Gassen navigierst, die Augen in Eile, ein paar hektische rote Flekken am Hals, aber der frische Wind, der über den See streicht, bläst die Röte wieder weg. In Zuständen solch schlecht verborgener Unruhe trifft man sonst nur Königliche Hoheiten oder Minister.
Es wird Frühling, die Wildenten schreien vor Lust und jagen sich in pfeilschnellem Tempo, und Du kommst nach Deinen Streifzügen durch die Stadt nach Hause und schüttelst die Füße und die Bücher. Ich bin sicher, Du wirst ihn bald treffen, den Hund des Herzens, das »Herztier«, das geniale Double, der Hund für alle Gefahren Deines anspruchsvollen Geistes. Nur eines darfst Du niemals von Deinem zukünftigen Hund erwarten, daß er Dich so innig umarmt und abküßt wie Nelke gestern Kim.
Kim ist ein beiger Labrador – oder soll ich sandfarben sagen? Von der Nase abwärts ist sein Bart schon weiß, Kim ist Nelke seit ihren Kindertagen vertraut. Da Kim in Bonn wohnt, sehen sich beide nur selten. Gestern ist es Nelke irgendwie gelungen, auf vier Füßen hüpfend auf den alten Kim zuzuspringen, sie schlitterte ihm wie eine Skateboarderin der Meisterklasse entgegen und fiel ihm, ich übertreibe nicht, mit ihren beiden dünnen Vorderbeinen

im Schwung um den kräftigen Hals. In der nächsten Minute verschwand ihr Kopf in Kims Rachen, und ich dachte an die Tänzerin aus dem Ensemble von Pina Bausch, die ihren Kopf und ihren Oberkörper im Riesengebiß eines (Kunst)Krokodils verschwinden ließ. Nach diesem Angebot uneingeschränkter Hingabe leckte Nelke mit größter Sorgfalt Kims Lefzen. Kim sah einem alten Gelehrten ähnlich, der keine Ahnung hat, wie er sich gegen sein aufgedrehtes Liebchen wehren soll, grundgütig und mild verzweifelt zugleich. Um ihren Überschuß loszuwerden, zernagte Nelke in einer Minute das gelbe Plastikjojo meines Neffen. Glück läßt sich schlecht ertragen, wenn es so pur ausgeschüttet wird.
In Übersprungshandlungen sind nicht nur die lieben Menschen, auch die Hunde groß. Daß sich Bonny, der Airedale-Terrier, der mir das Laufen und auch sonst fast alles beigebracht hat, am Heiligabend immer im Mist wälzte und dann an den Tannenbaum pinkelte, zähle ich dazu.
Auf etwas mußt Du unbedingt noch achten. Es gibt oneman-dogs und family-dogs. Oder, um noch etwas genauer zu unterscheiden, es gibt ausgesprochene Männerhunde. Dir mag das gefallen, mir sind die Familienhunde lieber, sie haben mehr Volumen, sie setzen nicht alles auf eine Karte, sie sind nicht so unbedingt und so bedingungslos, und sie sind die besseren Psychologen. Sie können differenzieren, sie müssen es können, um auf die unterschiedlichen Erwartungen angemessen zu reagieren. Weniges ist schlimmer, als von einem Hund ignoriert zu werden. Toby, auch ein Labrador, war so ein Snob. Er gehörte in die Welt

der Männer, von Frauen ließ er sich bedienen, gab aber von sich aus nichts her, seinen Kopf drehte er immer meinem Vater oder meinem Bruder zu, meine Mutter und ich waren das Personal, das ohne Lohn Dienst tat.
Taps war da ganz anders. Er war mir ergeben, aber nicht unfreundlich zu den Herren. Taps brummte, das war seine Form der Kommunikation. Hunde, das habe ich wieder bei Nelke gesehen, lernen das »Sprechen« so langsam wie die Babys. Zum »Sprechen« gehört das Bellen und das Winseln oder alle sonstigen Töne, zu denen sie fähig sind. Wenn Nelke sich sehr freut, fiept sie.
Hunde lieben Rituale, oder wir bilden uns ein, daß Hunde Rituale lieben. Wir konnten bei Nelke sehr genau beobachten, wie sie sich zögernd und abwartend auf unsere Gewohnheiten einließ und ihre Gewohnheiten unseren anpaßte. Ich kann mich noch an den Spätnachmittag erinnern, als wir den zwölf Wochen alten Welpen hier auf der Wiese absetzten und mit ihm Bällchen spielten. Nelke muß unter Trance gestanden haben, denn das eigentliche Spielen lernte sie erst sehr viel später. Zweifellos war sie unter Schock, weggerissen von der Mutter und dem Rudel anderer Hunde, aber das habe ich erst später erkannt.
Im ersten Jahr haben wir Nelke immer mitgenommen, so lernte sie Florenz, die Pinscher des Vespamechanikers und das Salz des Meeres kennen. Ach, Du wirst viel zu tun haben. Mit Deinem neuen Hund mußt Du sprechen. Du kannst ihm nicht einfach ein Kapitel Augustinus über das Licht der Blinden und die Kraft der Schwachen vorlesen. Alles muß am Anfang einfach und gut verständ-

lich eingefädelt und erklärt werden, mag ja sein, daß in zwei, drei Jahren Dein Hund »Herr, ›vollende‹ mein Tun und ›lichte‹ mir diese ›Wälder‹« nachsprechen kann und mit heiserem Gesang in die zweite Strophe einfällt. Du weißt ja, daß Bonny und Larry im Terzett mit mir wahre Gospels schmetterten.

Stell Dir die Szene vor: Du sitzt am Klavier, präludierst eine Aria Antica, Dein Hund singt sein Solo in lateinischer Sprache, und Deine Gäste, die eigentlich die ausgebildete Stimme von Frau Professor Elisabeth X erwartet haben, gehen in die Knie. Doch spätestens nach dem ersten öffentlichen Konzert wirst Du umziehen müssen in ein Wald- oder Wiesenhaus ohne Nachbarn, denn Eure musikalischen Darbietungen werden gegen den eidgenössischen Sittenkodex verstoßen.

Ach, ich freue mich und kann es kaum erwarten, daß Du den Hund findest. Laß Dich durch keine weltlichen Geschäfte von Deiner großen und wichtigen Aufgabe abbringen. Wie soll ich wissen, mit welcher Langmut oder Unruhe, mit welcher Hingabe Du Deine Frau ausgesucht hast, Dein Hund wird sich bei Dir für Deine Mühe im Auswahlverfahren bedanken, soviel kann ich versprechen.

Wir tauschten beim zweiten Wöchnerinnenbesuch unsere erste Wahl gegen Nelke ein. Bei der Verstoßenen konnten wir uns nicht entschuldigen, sie schlief.

Ich warte auf gute Nachrichten, »habemus canem!«

Liebe Verena,

in meinem Leben hat sich Entscheidendes verändert. Du wirst Verständnis dafür haben, daß meine Beschäftigung mit imaginären Hunden und unsere gemeinsamen idealtypischen Nachforschungen über die Hundeseele unter den gegebenen Umständen ein Ende nehmen.
Ich fuhr, glücklich über die Frühlingssonne, meiner Klausur für einige Stunden entfliehend, am Dienstag von Caggiolo nach Monteriggioni. Du weißt schon: die Festung auf dem Hügel, die man, von Florenz auf der Schnellstraße kommend, einige Kilometer vor Siena erblickt. Aus gewisser Entfernung und von unten betrachtet, sind diese Mauern imposant. Sie galten schon zu Dantes Zeiten als außergewöhnlich. Der Ort taucht in der *Commedia* auf, weil Dante den »Pozzo dei Giganti«, die Höllengrube, aus welcher die Oberkörper der Riesen herausragen, mit den Türmen von Monteriggioni vergleicht. Im 13. Jahrhundert haben die Sieneser zur Verteidigung ihrer Stadt diese Krone von Mauern und Wehrtürmen auf der Anhöhe errichtet. Seit Jahrhunderten ist der Ort nur mehr ein unbedeutendes toskanisches Nest. Allenfalls italienische Sonntagsausflügler und pedantische Dantisten finden sich hier ein. Letztere wohl, um über die Vergänglichkeit von Riesen zu sinnieren.
Ich ließ das Auto am unteren, für Wohnwagen vorgesehenen Parkplatz stehen und spazierte das kurze Stück

bis zur Festungsmauer hinauf. Es war gegen drei Uhr nachmittags, die Zeit, wo nur »i cani e i Tedeschi« – wie die Leute hier sagen – auf der Straße sind. Wer begrüßte mich am Mauertor? Kein deutscher Tourist, aber ein Hund. Oder eine Art Hund jedenfalls. Eine kleine, magere, kurzhaarig gelbliche, der Gattung der Hunde einigermaßen nahekommende Gestalt. Wenn ich sie akkurat beschreiben sollte: etwa die halbe Portion von Scraps alias Mut, den wir aus Chaplins »A Dog's Life« kennen. Ein ausgemergelter Körper auf zu hohen und zu dünnen Beinen. Das mich erwartende Wesen hielt den runden Kopf schief, hatte die Ohren – zwei zu klein geratene gleichseitige Dreiecke – aufgerichtet und wedelte mit seinem irgendwie in der Mitte abbrechenden Schwanz.

»Vieni!« Er kam auf mich zu, beschnupperte meine Hosenbeine, ließ sich streicheln und tänzelte einige Male um mich herum. Auf der Piazza weit und breit kein Mensch. Ich spazierte an der Kirche vorbei und geradeaus die leicht abwärts führende Straße zum Tor der gegenüberliegenden Mauer hinunter. Der Hund kam mir nach, manchmal vorauseilend, dann wieder mich umschnuppernd. Am Westtor, wo die Tafel mit Dantes Monteriggioni-Versen angebracht ist, öffnet sich ein weiter Blick in die toskanische Landschaft. Ich setzte mich mitten auf den gepflasterten Weg, der Hund setzte sich dazu. Er blieb, leicht hechelnd, die ganze Zeit neben mir sitzen und schaute abwechselnd mich und die Landschaft an, als finde er beide betrachtenswert. Als ich mich erhob, tat er dasselbe und sprang mir auf dem Rückweg zum

Dorfplatz voraus, immer sich vergewissernd, ob ich auch wirklich nachkomme. Auf der Piazza saß jetzt an einem der Tische vor der Bar eine Frau, in weißen Kleidern und mit einer Kopfhaube, offensichtlich die unbeschäftigte Köchin eines der beiden Restaurants. Ich setzte mich an den Nebentisch, der Hund legte sich neben meinen Stuhl, er schien mir nicht von der Seite weichen zu wollen. Ich kam mit der Signora nach der Begrüßung gleich ins Gespräch. Ob ich schon gegessen habe, wollte sie wissen, es sei für die warme Küche reichlich spät. Ich wollte nur Kaffee trinken. Den ich aber selber an der Bar holen müsse, wie sie mir beschied. Ich stand auf, ging zur Bar, der Hund mir nach. Er wartete vor der Tür, bis ich mit meinem Kaffee und einem Panino wieder erschien. Wir gingen zum Tisch zurück, der Hund mit klaren Erwartungen, denn jetzt legte er sich nicht hin, sondern setzte sich in eine gewisse Entfernung, so daß er überblicken konnte, was auf dem Tisch vor sich ging. Er schaute mich mit so herzzerreißend schiefem Kopf an, daß Widerstand aussichtslos war. Ich gab ihm zuerst den Schinken, merkte, daß er hungrig war, und so bekam er auch das Brot. Er würgte es blitzartig herunter.
Nach und nach erfuhr ich alles von Signora Rosalia. Der Hund, diese »creatura poverina«, strolche seit einigen Wochen herum und erbettle sich sein Essen zusammen. Manchmal lege sie ihm nach dem Kochen etwas kleines vor die Tür, damit er nicht nur Mäuse und Aas fressen müsse. Auf meine Frage, wie die arme Gestalt denn heiße, sagte Signora Rosalia, man nenne ihn hier »il

nostro Caruso«, weil er zu bellen versuche, ohne es zu können. Die Leute behaupteten, er käme von Lilliano herüber. Vermutlich habe er für die feine Gräfin von Lilliano nicht schön genug gebellt, niemand habe dort ein Herz für diesen Hund gehabt, und da sei er halt fortgelaufen. Möglich sei es auch, daß die Schönheit der Contessa nicht ausgereicht habe, um Caruso ewig an sich zu binden, fuhr Signora Rosalia fort, als ob sie mit der Gräfin eine Rechnung zu begleichen hätte. War sie vielleicht einmal Köchin drüben auf Lilliano gewesen? – Jetzt war Caruso nun einmal da und wartete auf bessere Tage. Komm her, du kleiner Bastard, rief Signora Rosalia. Doch Caruso blieb sitzen und versuchte nur, mit der Stimme zu antworten. Was dabei herauskam, kann man auch bei wohlwollender Beurteilung nur als die unglückliche Verbindung von Jaulen und Wimmern bezeichnen. Ein heiserer Kastrat muß zu Farinellis Zeit etwa gleich geklungen haben. Haben Sie es gehört? sagte Rosalia. Er bellt, als wäre er ein Bettler des Heiligen Franziskus!

Als ich Signora Rosalia erzählte, wie der Hund mich zur Festungsmauer begleitete, lustig und zufrieden, als sei es seine Lieblingsbeschäftigung, den Cicerone für Dante-Touristen zu spielen, begann sie in höchsten Tönen die Vorzüge des unterschätzten und verkannten Caruso zu preisen. Es sei sicher nicht der schöne Körper, den Caruso von seinen Eltern geerbt habe. Dafür habe er aber einen praktischen Körper geerbt. Sehen Sie einmal, erläuterte Signora Rosalia, nicht massig und nicht fett, sondern feingliedrig und zart. Nur das Allernotwendigste ist da. Schauen Sie einmal seine Beine an, wie dünn und elegant sie sind! Beneidenswert, wenn ich daran denke, wie meine am Abend angeschwollen sind und mir zu schaffen machen, klagte die Signora. Keine unangenehm zottigen Haare, kein hinderlich langer Schwanz. Würde man das Geringste von diesem Hund wegnehmen, wäre er schon kein Hund mehr, meinte sie in ihrer gewagten Vorstellungskraft. Ich könne lange suchen, bis ich einen Hund fände mit einem derart praktischen Körper! Wie geschaffen zum Reisen! Sie können mir glauben, Signore, fuhr Rosalia fort, Caruso ist einfach ein Hund »senza ghirigori«. Was das bedeute, wollte ich wissen. Ohne falsche Ornamente, erläuterte sie. Ein Hund ganz ohne Schnörkel! Wissen Sie, was das heißt, in einem Land, wo jeder mehr scheinen will, als er ist? Schauen Sie einmal, wie er dasitzt. Einfach großartig in seiner bescheidenen Männlichkeit – Signora Rosalia sagte wörtlich »in sua modesta virilità«. Als dürfe diese Eigenschaft keinesfalls übersehen werden. Caruso sei nicht ein Angebertyp wie die männlichen Gestalten hier im Dorf, diese elenden Windeier! An diesem Hund sei alles real. Verstehen Sie, nichts ist falsch an ihm! verdeutlichte sie. Und ein Leben, das diesem Hund nichts geboten hat außer Hunger, Schmutz und Langeweile, hat seinen Charakter nicht zu verderben vermocht! »Una meraviglia di un cane! – Ecco«, schloß sie ihre Rede und stand auf. Sie müsse zurück in die Küche.

Mit einem freundlichen Buon giorno verabschiedete sich Signora Rosalia. Ich vermutete, Caruso würde dieser Anwältin seiner Vorzüge sofort nacheilen. Nichts dergleichen. Er blieb unbeeindruckt sitzen, als sei hier nur das gesagt worden, was ohnehin jeder denkt und weiß. Ich hatte auf einmal das Gefühl, diese Signora Rosalia wolle, weiß der Teufel weshalb, daß Caruso aus Monteriggioni verschwinde. Ihren Hintergedanken wollte ich nicht nachgehen. Man kann an einem Nachmittag die Geheimnisse eines Dorfes nicht ergründen. Ich blickte über den Platz, kein Mensch war zu sehen, die Sonne schien den Travertinstein des Kirchturms in Gold zu verwandeln. Lassen wir es darauf ankommen, sagte ich zu Caruso.

Als ich mich erhob, tat Caruso dasselbe. Wir gingen zum Tor hinaus, er begleitete mich treu die Serpentine hinunter zum Parkplatz. Ich öffnete die Tür und sagte so leise wie möglich: Caruso, sù! Ein Sprung ins Auto und hinüber auf den Nebensitz.

Wir fuhren los. Caruso benahm sich fabelhaft. Nach einigen kurzen Blicken aus dem Fenster, begleitet von freudigem Gewedel, rollte er sich auf dem Beifahrersitz zusammen und begann bald zu dösen. Im Autoradio sang Pavarotti »Vento, vento, porta mi via con te!«. Caruso schien von der Stimmkonkurrenz nichts zu befürchten.

Seit zwei Tagen ist Caruso bei mir und weicht mir nicht von der Seite. Einmal täglich spazieren wir in Richtung San Leonino. Sogar bei seinen Sprüngen durch die noch nackten Weinberge paßt er auf, mich nie aus dem Blick zu verlieren. Noch bekommt Caruso nur Katzenfutter aus Büchsen und ist damit sehr zufrieden. Die zwei Katzen,

Herrinnen von Caggiolo, betrachten Caruso als schmeichelhafte Entourage und haben nichts gegen Aufmerksamkeiten seitens eines freundlichen Hundes. Auf einem alten Badetuch legt sich Caruso hin, wo immer man es wünscht. Er benimmt sich, als hätten wir jahrelang zusammengelebt.

Was an Lauten aus meinem Caruso kommt, ist der Ruf des Lebens. Inzwischen will ich seine bescheidenen akustischen Leistungen nicht mehr missen. Gestern hatte ich noch vor, Caruso zum Kehlkopfspezialisten nach Siena zu bringen. Heute weiß ich es besser. Diese mißglückten Töne der Freude gehören zu Caruso. Er verdankt ihnen seinen Namen und die Zuneigung aller, die ein feines Gehör haben.

Die Rückreise in die Schweiz habe ich verschoben.

Dich und Deine vornehme Nelke grüße ich von Herzen.

Die Hundekennerin aus Bonames sei bedankt für die Beratung über ein mit dem Hund geteiltes Leben. Schon glaube ich zu wissen, was eine Hundeseele mit einem praktischen Körper ist.

Mit toskanischer Pfote.

Lieber Iso,

Gratulation, wunderbar, Du bist der Philosoph unter den Hundebesitzern. Du streifst Deine alten Wünsche ab, wie Schopenhauer seine dicken Socken. Bei einer solch athletischen Seele kann ich mir die Frage sparen, ob der Hund Caruso oder sein Besitzer sensibel ist. Ihr seid es beide! Ein ideales Paar, großzügig hingegeben an den Gleichmut. Caruso verzeiht Dir das Katzenfutter und das Badetuch, und Du verzeihst ihm seine körperlichen Eigenheiten. So sind wir am Ende unserer »Hündischen Komödie« angekommen. Du hast das »Paradies« erreicht, alle Höllen, auch der Läuterungsberg sind überwunden. Du bist im vanillefarbenen Mercedes, alle für den Verkehr freigegebenen Serpentinen hinterhergefahren, haargenau auf Kurs, ohne daß ich es, verstrickt in landläufige Abenteuer mit Legehennen und Florentinern, gemerkt hätte. Und am Ende hast Du Dich reingewaschen wie der König Drosselbart, der nicht auf Schönheit sah, nur auf das scheue Licht im Herzen. Dein neuer toskanischer Kompagnon wird Dir Deine Besonnenheit im Umgang mit der Schönheit bis in seine Hundeewigkeit belohnen. Doch hast Du Deine Abreise in die Schweiz verschoben, was mich ein ganz klein wenig stutzig macht. Entweder fürchtest Du eine mangelhafte Aufnahme Carusos im alpengängigen Kreis der Bergamasker und in der überschaubaren Clique der Zürcher Intelligenzija – oder Du

willst die ersten zarten Wochen der neuen Partnerschaft in Abgeschiedenheit und fern von altklugen Beobachtern genießen. Natürlich ist Dir Caruso dankbar und schon jetzt ergeben. Aber Du willst geachtet werden als Person und nicht belächelt als ein hundsgewöhnlicher rettender Engel. Iso, ich rate Dir, Du solltest Caruso Deine Persönlichkeit ganz unverstellt und ungeniert offenbaren. Denn sicher verlangt Caruso, von der hohen Qualität seiner Wahl bis zum allerletzten Zweifel überzeugt zu werden!
Weißt Du, zum wievielten Mal er schon auf ein »Vieni!« und ein »Caruso, sù!« mit einer neuen Testperson davongeschlendert ist, um sein Asyl, nach eingehender Prüfung und nach selbstbestimmten Regeln, wieder zu verlassen? Weißt Du, welch Kumpanei Signora Rosalia, die Dir noch nicht mal einen Kaffee bringen wollte, mit Caruso verbindet? Du mußt ihm den Horizont des Dante-Forschers und des Spezialisten in Sachen Hundepfoten so schnell wie möglich und sehr detailliert eröffnen. Auch solltest Du Deinen neuen Hund geduldig in der Kunst des Zuhörens unterweisen und ihm erklären, welch weite Welten, die interessanter sind als jeder Topf mit ossobuco, ihm an Deiner Seite offen sind.
Wenn die Sonne tief am Himmel steht und Caruso nach einem verschwitzten und verhechelten Tag den Kopf wieder für andere Dinge frei hat, muß Euer beider Duft und der Duft der Mimosen zusammenwirken. Die Stunde der Dämmerung ist die Zeit, in der Hund und Mensch die Reflexe im Spiegel ihrer Augen am deutlichsten erkennen und Eure Augenpaare den Dialog beginnen. Caruso

will von der Beständigkeit und der Verläßlichkeit des Studiosus von Grund auf überzeugt werden. Das, glaube ich, ist der einzige Weg, ihn vom Trauma der rastlosen Gräfin zu befreien. Sein Vorleben kann Dir nur eine Ahnung sein, außer Du fährst mit Caruso nach Lilliano und folgst seinen Wegen, denn er wird Dich zu »ihr« führen. Oder laß es lieber, Deine neue »Augenweide« will gewiß nichts lieber als vergessen und soll von jetzt an nur in Deinen Augen grasen und in ihrer Tiefe ruhen.

Gute Hunde sind anspruchsvoll. Sie verlangen Rhythmus, jedes Lob und jeder Tadel muß in ihrem Ohr ein Kanon sein. Könntest Du Dir vorstellen, Dein Leben zu ändern und mit Caruso durch Italien zu ziehen? Du singst die Arie Antiche und Caruso, mit dem fein gemalten und gut leserlichen Namensschild am Hals, hebt nach jeder Arie gut gezirkelt seine Tatze. Wie aber soll ich Euch Troubadoure im großen Land der Sänger und der ausgezehrten Hunde finden?

Ich habe eine andere Idee. Ihr kommt sehr bald in die Schweiz zurück, und wir begehen den Einzug Carusos in der Zürcher Kronenhalle mit einem feierlichen Festmenü. Du mußt Caruso erklären, wer Moppel ist, und daß selbst er von einer altgedienten und in Herzensdingen routinierten Persönlichkeit noch sehr viel lernen kann.

Auf Cassius kannst Du, wenn Du willst, verzichten, er schien mir äußerst arrogant und von Dir ein bißchen überschätzt. Ob Ferro von Herrn Giovanoli aus Pila die drei Stunden ins Tal gefahren wird und sich als Zottelbär und Weiberheld in der Kronenhalle deplaziert vorkommt, kannst nur Du entscheiden. Ich bringe, wenn Ihr beide nichts dagegen habt und ich überhaupt eingeladen werde, Nelke mit. Am besten essen wir, bevor wir in die Kronenhalle gehen, und bestellen nur den guten Wein von der Loire. Ich erinnere mich an Dein Lunch mit Moppel, bei dem er nicht so höflich war, sich auch nur einen Augenblick nach Deinen Eßgewohnheiten zu richten. Nelke wird fabelhaft und fesch neben Caruso aussehen, nach Deiner Schilderung besteht eine entfernte Ähnlichkeit, dünne Beine, abgeknickte Ohren. Und, das wissen alle, die schönsten Frauen verfallen oft dem äußerlich unspektakulärsten Mann! Ihre eigene Schönheit ist ihnen Glanz und Arbeit genug, beim Mann wollen sie sich erholen. Einige sind klug und dazu zähle ich, wie Du mir nachsehen wirst, meine Nelke. Sie trauen nicht dem Schein, sie sehen nach innen und suchen da die Seele.

Nimm Rilkes Ausruf zum Abschied als Geschenk: »Wer dich nur einmal sah, beneidet deinen Hund.«